Les trois A

Sandra Simonetti

Les trois A

L'origine

Edition : BoD – Books on Demand, info@bod.fr
Impression : BoD – Books on Demand, In de Tarpen 42
Norderstedt (Allemagne)

Impression à la demande
Illustration : Marion Gayraud

ISBN : 978-2-3220-9197-3
Dépôt légal : Mars 2023

Remerciements

Je tiens à remercier ma bêta lectrice, qui n'est autre que ma fille Laura, et qui a sût me motiver quand j'ai pût douter de moi au début de mon ouvrage. Elle a également participer à mon livre de par ses conseils, ses idées et son imagination impressionnante pour la réalisation de mes titres de chapitres. Merci à toi, je suis fière de toi.

Sans oublier ma sœurette, Sandrine, qui elle aussi m'a fait l'honneur de lire mon livre, de me donner ses conseils, ses doutes et ses incompréhensions. Merci ma sœurette.

Merci aussi à mon fils Brayan, seul homme de cette lecture, qui a lui aussi était de bons conseils et m'a apporté beaucoup dans la compréhension et la finalité de mon livre. Merci mon fils.

Marion, merci d'avoir fait pour moi cette illustration. Je fût agréablement surprise des changements et contente de ce beau travail ! Merci Marion Gayraud.

Mes remerciements se tournent également vers mon mari, l'amour de ma vie, qui me soutient dans tout ce que j'entreprends et qui me donne la force de me battre, de croire en moi et en mes capacités. A toi mon cœur, tu es mon Adrien ♡

I

Et un jour, je te reverrais...

Cette journée fût particulièrement difficile pour Adrien, la perte de sa mère lui paraissait insurmontable. Lui, qui d'habitude si fort, pleurait cette disparition. Sa colère était tellement grande et son incompréhension totale, il n'imaginait pas ces funérailles avant de longues années. Il regarda une dernière fois ce cercueil, il était fait de bois blanc, aussi clair que la peau de sa défunte mère, le fils revoyait son visage, ses longs cheveux bruns parsemés de légers cheveux blancs et déposa une rose sur le bois.

Ava le regardait les larmes plein les yeux mais elle devait rester forte pour lui, pour cet homme dont elle était tombé amoureuse depuis presque dix ans maintenant.

Ses yeux verts marrons, ses cheveux bruns, cette allure athlétique, tout la faisait craquer même après tant d'année. Il était plus jeune qu'elle de 10 ans mais la différence d'âge ne se voyait guère, Adrien était barbu, carré et paraissait plus vieux. A cet instant, dans ce costume noir, elle le trouva tellement beau mais si brisé. Puis elle regarda autour d'elle, peu de personnes étaient présentes, certes les amies chères à sa belle-mère étaient là, son mari, son fils mais pas plus. Ava a toujours su qu'Alice était différente des autres, certainement dû au fait qu'elle est grandie seule et sans famille. Sa vie fût remplie de difficultés jusqu'à ce qu'elle rencontre son mari ; Jim fit son bonheur, son équilibre dans sa vie et le père de leur unique enfant.

Père et fils ne se ressemblaient guère, l'un grand, musclé, cheveux bruns et raides tandis que son ainé était assez petit, trapu, les cheveux frisés et grisonnants. Adrien tenait beaucoup de sa mère mais avec le caractère très calme et un brin "British " de son géniteur.

Les deux hommes se tenaient là, devant cette boîte sans âme et firent un dernier adieu à la femme qu'ils ont tous deux aimées. Ava les rejoignit, ce fût temps de laisser partir le cercueil ...

Leur petite ville de Graulhet n'était pas bien grande et seulement quelques kilomètres les séparer du cimetière mais ce fût sans un mot que le trajet se fit. De retour chez le couple Ruby, leur saint Bernard de trois ans, les accueilli en sautant de joie et remua sa queue dans tous les sens manquant même de renverser le vase qui se trouvait sur son chemin. Elle ne se rendait pas compte, parfois, qu'elle était imposante avec ses soixante kilos.

Jim monta directement se changer dans la chambre d'amis qu'il avait occupé pour les circonstances, tandis qu' Ava et Adrien lui préparait un petit encas, le pauvre homme n'ayant pas mangé de la journée. Ils parlaient suffisamment bas, pour ne pas être entendus et leur chienne, comme si elle avait compris, s'assit juste à côté d'eux et attendit.

- Je pense qu'il faut l'annoncer à mon père car il est temps, lui dit Adrien tout en regardant sa femme.

Il la trouvait tellement belle, ses longs cheveux étaient d'un roux flamboyant, sa peau très claire et ce qu'il aimait par-dessus tout c'était ses petites tâches de rousseurs parsemées sur son visage.

- Oui c'est évident mais le jour n'est pas bien choisi, lui répondit 'elle

- My darling, il n 'y aura pas de bons ou de mauvais jours puisqu'on ne saura pas si mon père sera content ou pas ... et puis il est temps...

Cette disparition tragique ne faisait que les conforter dans leur décision et il était temps pour eux de l'annoncer avant que Jim ne reparte pour Londres. Ce ne fût pas le choix le plus simple qu'ils aient eu à faire mais leurs travails respectifs, leur vie en général, ne leur apportaient plus autant de satisfaction qu'avant. Ava travaillait dans la bibliothèque de sa ville, tandis que son mari se fatiguait dans une usine de construction de maison.

II

Un mal pour un bien

Une nuit, il y a quelques mois de ça, ils dormaient tranquillement, quand tout à coup ; Ava se réveilla en sursaut. Elle avait entendu un bruit d'explosion. Elle réveilla Adrien :

- Bébé, réveille-toi, j'ai entendu une détonation !

- Rendort toi chérie, tu as encore fait un cauchemar, dit-il à moitié endormi.

Apaisé par le fait que Ruby ne se soit pas réveillé, elle essaya de se rendormir blottie contre lui. Mais trente seconde plus tard, une détonation résonna de nouveau dans la maison et là tout deux comprirent qu' il se passait quelque chose quand ils essayèrent d'allumer la lampe de chevet sans succès ; ils s'aperçurent donc de la coupure d'électricité. Ils se regardèrent, ne sachant pas si il y avait quelqu'un ou si quelque chose avait explosé chez eux mais descendirent tout de même les escaliers à vive allure suivie de leur fidèle compagnon, pour voir ce qui se passait.

- Je ne vois rien, dit'il

- Non, il n'y a rien, c'est dehors ! lança Ava.

Alors Adrien ouvrit la porte d'entrée et vit, non loin de là, beaucoup de fumée et de flammes. Le couple s'empressa de mettre des habits chauds et sortirent tous les deux à l'extérieur.

La nuit était froide, voir glaciale, il était trois heure du matin et dans la rue tout était complètement noir, la coupure était générale ce qui rendait l'atmosphère vraiment effrayante. Ava eut vite regretté de ne pas avoir pris Ruby avec eux et serra fort la main de son amoureux. Tous deux marchèrent en direction de la fumée pour savoir si quelqu'un avait besoin d 'aide et ce qui se passait. Tout était trop calme, trop noir et si froid. Adrien muni de son portable, éclairé au mieux mais ils hâtèrent le pas quand ils entendirent des cris perçants la nuit. Pour finalement s'apercevoir que le lieu en flamme était l'usine accolé à celle où le jeune homme travaillé.

Certains de ses collègues criaient car l'usine était vraiment proche et tout le monde n'étaient pas encore sorti.

Quand tout à coup, nouvelle explosion ! Ava regardait la scène comme un cauchemar, et c'est à ce moment qu'elle sentie qu'Adrien lui lâcha la main pour allait voir ses collègues, elle le vit poser des questions, parler rapidement avec l'un deux puis partir en courant dans l'usine. Ava vit l'homme en question s'approchait et elle le reconnu, Maël était un homme très gentil et attentionné que son mari lui avait déjà présenté. Et essaya de la rassurer :

- Ne t'inquiète pas, Adrien est rentré car il y a le petit

nouveau à l'intérieur, il était en salle de pause et n'a pas dû entendre les détonations ; on a peur qu'il se perde car, comme tu le sais, c'est un vrai labyrinthe là-dedans, lui dit'il.

Elle connaissait son mari par cœur et ne fût pas surprise, mais sa peur montait au fur et à mesure car les flammes se rapprochaient et elle ne le voyait toujours pas sortir. Ceux qui travaillaient de nuit, une douzaine d'hommes environ, se regardaient les uns et les autres pour savoir si il manquait d'autres employés.

Enfin, au bout de quelques minutes qui paraissaient une éternité, elle entendit des sirènes au loin et vit enfin son mari sortir accompagné du nouveau. Il vint l'embrasser et se moquant doucement lui souffla :

- " Ton héros est là "

Et évidement ça a eu l'effet de la faire sourire.

Sur ce, les pompiers arrivèrent et purent commencer à éteindre le feu et vérifier que personne n'était blessé. Le couple parla quelques minutes avec les collègues encore sous le choc puis retournèrent chez eux.

A son habitude, Ruby les accueilli avec sa folie comme si elle était en pleine journée et qu'elle allait faire sa promenade. Ils se regardèrent en souriant et montèrent main dans la main finir leur nuit.

Vu l'énorme coupure que cela avait engendré, ils furent réveillés très tôt le lendemain par leurs patrons respectifs pour leur dire qu' ils ne pourraient pas travailler ce jour-là. La ville, presque, entière s'était retrouvée sans électricité ce qui causait pas mal de soucis.

- L'avantage c'est qu'on a un jour de repos Mamour, lança Ava

- hum hum marmonna, Adrien qui essayait de se rendormir

- Cœur, et si c'était ton usine ? lui demanda t'elle

- ça ne l'était pas, tu ne veux pas essayer de te rendormir ?

- Non, je n'arrête pas d'y penser et j'ai eu trop peur

- Moi aussi darling mais tout va bien maintenant

   Ils n'étaient pas d'accord sur tout, ils n'étaient pas non plus identiques et plutôt complémentaires sur les grandes lignes mais ils étaient sur la même longueur d'onde.

   Au bout de quelques minutes et encore allongeaient dans le lit, Adrien lui souffla :

- " Et si on partait ? "

   Ava, surprise mais faisant mine de ne pas comprendre pour être sûre de ce qu'elle entendait, l'écouta.

   Voyant son regard inquisiteur, il reprit sa question et en précisa les détails ; il voulait partir, quitter la France, vendre leur maison, changer de travail et vivre de nouvelles aventures. Sa tête bouillonnait d'idées ; ils pourraient vivre dans une île, monter leur restaurant ou vivre en montagne et élever des chèvres, tout fût bon pour donner à sa femme de l'imagination et de l'envie, il parlait très vite, lui qui d'ordinaire plutôt calme, était emballé et excité de sa propre idée.

Elle le regardait les yeux plein d'amour, se disant que l'homme de sa vie était fou puis tout simplement lui dit :

- " Ok "

Adrien stoppa net, examina sa femme comme si c'était la première fois qu'il la voyait et l'embrassa à en perdre haleine tellement qu'il était heureux.

Ce fût à cet instant précis que leur décision fût prise.

Le plus difficile pour eux, serait de vendre la maison, ils ne le voulaient pas mais n'avait pas le choix financièrement. Puis il leur faudrait quitter leurs confortable emplois, choisir leur nouveau lieu de vie, trouver une autre source de revenu, faire un déménagement à l'étranger et surtout apprendre une nouvelle langue si besoin et tout ce qui va avec. Ils se laissèrent une année pour tout boucler.

III

Le passé lier au futur

Jim redescendit, il s'était vêtu d'un jogging gris et d'un tee-shirt blanc pour être à l'aise mais par-dessus il avait enfilé la veste que sa femme lui avait offert au dernier Noël ; une veste rouge avec des rennes bien dans le thème. Ava le regarda et sourie :

- Très sympas le look beau papa, taquina t'elle

Adrien se lança ;

- Papa, il faut que l'on te parle ; dit' il

Voilà plusieurs mois que leur décision était prise. Il expliqua à son père qu'ils étaient désireux de changer de vie, de voir autre chose, de connaître d'autres cultures et de nouvelles langues, de voyager, de s'épanouir. Il se lança dans un interminable monologue pour l'annoncer et pendant ce temps Ava le regardait et souriait. Il la faisait rire, cet homme avait changé sa vie.

Depuis sa rencontre avec lui, dix ans auparavant, ce n'était pas la même. Elle regarda son beau-père et vît dans son regard la fierté qu'il avait d'écouter son fils, lui aussi souriait malgré cette dure journée. Parfois ses sourcils se froncèrent mais après quelques minutes de ce discours et contre toute attente, il leur lança :

- C'est un très beau projet, et je suis heureux pour vous.

On trouvera des solutions pour être ensemble où que vous soyez mais je vais pas vous cacher que cela m'inquiète un peu ... de toute façon j'ai toute confiance en vous, leur dit Jim ravi pour eux.

Certes il fût affolé à l'idée qu'ils allaient quitter tout ce qu'ils avaient construit pour tout recommencer ailleurs mais il trouva que ce fût une excellente nouvelle. Lui habitait toujours Londres, sa ville de naissance, ils s'y étaient réinstallés, sa femme et lui, quand Adrien avait quitté le nid. Ils revenaient juste plusieurs fois dans l'année pour voir leur fils et entretenir la maison familiale qu'ils avaient gardé.

- Vous avez prévu le grand départ pour quand ? interrogea Jim.

- Idéalement, nous partirions d'ici trois ou quatre mois. Nous devons mettre la maison en vente, les annonces sont faites mais c'est le regret qui nous a ralenti, on sait qu'on a pas le choix mais c'est dur de se séparer de ça, répondit Adrien en désignant leur maison.

- Ok et où avez-vous décidez d'aller ? reprit le père

Ava et Adrien se regardèrent en souriant et d'une même voix lui répondit :

16

- " On ne sait pas "

A ce moment-là, Jim pris peur, s'inquiéta, étaient-ils vraiment sûrs de leur choix ? ....

Le couple le rassura de suite, ils avaient tout organisé, les économies, la voiture pour le voyage, la vente du second véhicule, les travails respectifs mais comme ça faisait déjà quelques semaines qu'ils auraient dû mettre l'annonce pour la maison, ils ne s'étaient pas mis au pied du mur pour le choix de leur nouvelle destination. Eux même s'était posé la question. Etaient 'ils prêts à tout quitter ? Car ils n'avaient toujours pas définis de lieu, mais de suite la réponse était unanime et oui bien sûr qu'ils l'étaient mais le destin ne leur avait pas encore fait de signes.

Ce fût Jim qui débloqua toute la situation, il savait à quel point le couple étaient attaché à leur maison, ils y avaient tout refait, travaillés des mois durant, entre leur activité professionnelles et leurs travaux chez eux, parfois à ne dormir que quelques heures par nuit pour pouvoir finir une pièce. Sa femme et lui avaient fait le voyage de Londres pour venir les aider pendant plusieurs semaines, ce qui les avaient beaucoup rapprochés. Il repensa à ces moments, à leur histoire, à sa femme, il les regarda et leur fit une proposition :

- Tu sais, mon fils, un jour moi aussi je ne serais plus là ... Mais ne fais pas cette tête, je ne compte pas mourir tout de suite, dit 'il en voyant son fils se décomposer. Puis il reprit :

- Ta mère et moi avons ... (fit une pause, inspira puis

17

rectifia) j'ai notre appartement à Londres…

- Où veux-tu en venir papa ? fit Adrien qui ne comprenait pas.

- Laisse le parler, râla sa femme.

- Oui laisse-moi parler, tu vas comprendre. Quand ta mère a acheté notre maison, elle a toujours voulu que ce soit " la maison familiale " comme elle aimé a l'appeler.

- Oui je sais..., murmura son fils. Il ferma les yeux et se rappela sa mère, elle le disait souvent ; " sweet home "

- Cette maison t'appartiendra un jour, c'est pourquoi je vous propose de la mettre en vente.

   Ava et Adrien ne comprenait pas, ils le regardèrent interloqués. Ils se turent pour le laisser finir.

- Cette maison, on la gardait pour venir vous voir, être prés de vous plusieurs fois par an, garder nos futurs petits enfants … Maman n'est plus là mais je sais très bien qu'elle approuverait où je veux en arriver. Avec l'argent de « sweet home » *, vous pourriez garder votre maison.

   Le couple était trop surpris et aucun son ne sortait de leurs bouches grandes ouvertes.

- Votre maison pourrait devenir votre " sweet home" * et

* Douce maison

notre point de chute, je m'y installerais avec vous pendant les vacances si vous me voulez. Ne faites pas cette tête ! Là-bas, j'aurais trop de souvenirs, ce sera trop grand pour moi seul et surtout… ta mère l'aurait voulu comme ça...j'en suis sûr…

- Oh my god !!! jura Adrien dans sa langue natale qui ne l'avait jamais quittée.

Il regarda sa femme pour être sûr et tous deux se jetèrent sur Jim pour l'embrasser, Ruby qui n'était jamais bien loin des câlins arriva directement.

- Papa, ce que tu fais pour nous est vraiment formidable, tu enlèves un poids énorme de nos épaules, tu nous laisse une porte de secours si on échoue et surtout tu nous permets d'avoir et de garder notre "sweet home" . Merci …

- Merci Jim, je n'ai pas de mots ...murmura Ava, très émue.

Le trio fût ravis, le projet de couple fit partit dés lors d'un projet familial et l'aventure pût continuer.

Jim était en télétravail et avait donc décidé de rester un peu pour faire du tri dans sa demeure, s'occuper de la mettre en vente et profiter de son fils et sa belle-fille. Plusieurs fois par semaine, ils passaient voir Adrien et Ava pour prendre Ruby et faire des promenades pendant que ses maîtres étaient au travail. Et chaque fois quand ils rentraient, Jim leur racontait un voyage différent qu'ils avaient fait avec sa femme, Alice.

Conscient que ça puisse les aider dans leur choix, il en raconté les moindres détails, les odeurs, les goûts des différents plats, la météo ... Mais passant de Rome à Venise, de Barcelone à Madrid rien ne fût le coup de cœur.

Et ce soir-là, il leur montrait des photos de leur voyage aux îles canaries, leur raconta à quel point il faisait beau et chaud, le bruit des vagues quand ils étaient allongés sur le sable en profitant du soleil main dans la main... Il leur raconta que c'était ce jour-là qu'Alice lui avait dit qu'elle voulait un jour partir dans un petit village qui s'appelait Älta.

Elle y avait été petite lui semblait t'elle car des souvenirs la maison lui revenait de temps à autres et elle avait sût la lui décrire. Mais Alice ne savait pas pourquoi, ni avec qui, elle y était.

- Où est cette ville ? questionna Adrien

- Je ne sais pas, lui répondit son père

Il n'eut pas le temps de raconter la fin de ce voyage, que son fils avait déjà saisi son portable pour regarder où se trouvait Älta.

- C'est en Suède, mystère résolu ! Tu peux continuer, on t'écoute, lança t'il.

Ava qui regardait du coin de l'œil le portable de son mari, lui arracha des mains, fit défiler des photos et s'écria :

- C'est ici que je veux vivre !!!!!

Jim et Adrien la regardèrent, surpris et reprirent le portable pour regarder les photos.

- Ava, tu sais qu'en Suède, on ne peut pas trop parler de grosses chaleurs, ironisa son beau père.

- Je sais, dit '-elle en souriant.

- Il fait très froid, remarqua son mari.

- Je sais, répéta t'elle le sourire aux lèvres.

Adrien savait sa femme déterminait. Il voyait ses yeux pétillait et tout ce qui l'importait, c'était celle qu'il avait devant lui et la combler de bonheur.

- Mon foyer, c'est toi, où que je sois c'est toi . Alors c'est parti pour la Suède !

Et tout trois éclatèrent de rire. Ava alla embrasser son mari avec cette fougue qui l'animait et qui la rendait tellement passionnante.

- Merci encore beau papa , nous sommes heureux de concrétiser ce projet à trois

A quelques semaines de partir, ils venaient enfin de décider de leur destination finale. Jim amusé de la situation, se dit que ces deux-là faisaient une belle brochette et ne regretta surtout pas d'avoir mis en vente la maison familiale pour un si beau projet.

IV

Une rencontre inattendue

Après plusieurs semaines, ce fût le jour J. Adrien et Ava étaient fin prêt, il était à peine six heures du matin mais ils étaient excités et n'avaient presque pas dormis de la nuit. La jeune femme qui avait appris le Suédois, pour plus de facilité d'adaptation, avait révisé ses derniers cours une bonne partie de la soirée et plus tard ce fût l'appréhension du départ qui l'avait empêché de dormir. Depuis quelques jours maintenant, Ruby devait sentir tout ce remue ménage car elle trainait prés des bagages. Ils se levèrent et c'était partie pour une longue journée.

Après avoir bouclé les corvées et pris leurs petits déjeuner, ils se mirent en tête de charger la voiture.

Bien entendu et malgré les différents essais qu'ils avaient fait les jours précédents, tout ne rentra pas. Alors après presque une heure de tentative, Ava pris les choses en main :

- C'est moi qui joue à Tetris ! Sinon on ne va pas s'en sortir, on arrête pas de rire depuis tout à l'heure, on fait monter Ruby, on l'a fait descendre et elle ne comprend rien.

La chienne, effectivement, ne savait plus quoi faire et les

23

amoureux eu encore un fou rire en la regardant.

La situation était vraiment burlesque mais après presque une heure de plus, ce qu'ils allaient emportés fût rentré et Ruby fût de nouveau installé à l'arrière, côté passager pour être sûr qu'elle est assez de place le temps du voyage.

Adrien la fit descendre le temps de refaire un tour de leur maison, il était pressé de partir et avait hâte mais Ava trainait un peu.

- Nous devons y aller .... On revient dans quelques mois ma chérie, dit-il en lui prenant doucement la main

- Je sais mais j'ai peur d'oublier quelque chose ...

- On a tout.

Elle tira les derniers volets, un brin nostalgique, ferma la porte à clefs et se retourna vers la voiture. Ils avaient un SUV mais vu le voyage qu'ils entreprenaient, il débordé littéralement ! La malle était pleine et on ne voyait presque plus la vitre arrière. Sur les galeries du toit, ils avaient aussi chargé un maximum, sans parler des deux places à l'arrière qui étaient, elles aussi, bien remplies. Ruby la regardait assise sur son siège, son mari avait déjà démarrer le moteur et le grand voyage pouvait commencer.

Cela faisait plusieurs heures que Toulouse était derrière eux et Ava, telle une enfant sur son siège, gigotée dans tous les sens. Elle regardait Ruby toutes les cinq minutes, qui elle dormait tel un bébé. Elle décida de relire son planning de route pour la dixième fois consécutive. Adrien la regardait du coin de l'œil, amusé par la situation ;

- Tu sais quoi ? je suis presque sûr que tu le connait par cœur.

- Arrête de te moquer, je ne veux pas zapper d'étapes !

- Tu l'a écrit et réécrit au moins quatre fois et tu me l'a lu et relu une demie douzaines de fois, je pense qu'on ne vas pas raté une seule étape, se moqua t'il.

- Oui, tu as raison mais ça me rassure.

- Tu as peur ? lui demanda son mari.

- Peur ? Non, parce qu'on est ensemble. Mais c'est un grand changement, une nouvelle vie. Et elle a commencé ce matin.

- ça va le faire my darling, je te le promets…

- On s'arrête un peu ? J'ai besoin d 'allé aux toilettes.

- Ok, dès que je trouve un endroit où Ruby peut aussi descendre.

Ils étaient un peu au-dessus de Limoges et ils ne leur restaient quelques heures à rouler avant d'arriver à l'hôtel. Adrien vît une aire d'autoroute un peu plus loin et s'y arrêta. Tout trois descendirent de la voiture, le jeune homme prit leur chienne et alla se promener avec elle pendant qu'Ava allait au toilette. Il la regarda s'éloigner, ses cheveux roux brilliaient encore plus avec les reflets du soleil. Elle avait une belle démarche, élégante et féminine, ses fesses d'une rondeur parfaite, ondulés au rythme de ses pas. Elle n'était pas bien grande mais son corps était parfait à ses yeux.

Soudain et d'un coup vif, Ruby tira la laisse et le détourna de ses pensées, elle avait vu un autre chien et voulait s'amuser.

Une fois, sa femme revenue, ils remontèrent en voiture. Mais quelque chose n'allait pas sur le visage de son épouse ; il la connaissait par cœur et il savait que ça n'allait pas :

- Tout va bien ? lui demanda t'il inquiet.

- Oui.

- Je te connait bébé ...

- Je t'assure que tout va bien, mais j'ai un mauvais pressentiment...

- Tout va bien se passé, je t'assures, ça te le fait parfois pendant les voyages, essaie de dormir, je te réveille si je suis fatigué.

Elle marmonna quelque chose qu'il ne comprit pas et s'endormit, fatiguée.

Quand elle se réveilla, la nuit commençait déjà à tomber et elle regarda l'heure immédiatement, il était un peu plus de dix-huit heures seulement, mais l'hiver l'obscurité tombait rapidement. Elle regarda son mari qui lui souriait :

- Encore trois ou quatre heures et on arrivera à notre première étape mon amour, annonça-t-il fièrement.

- Oui je vois, tu n'es pas trop fatiguée ?

- Non, non, c'est bon, tu as bien dormi toi ?

- Oui. Tu sais que je t'aime ? lui dit' elle les yeux pleins d'amour.

- Je t'aime aussi bébé, lui répondit 'il.

Il se retourna et l'embrassa rapidement. Ils avaient déjà traversé Paris et souhaitaient passer la nuit en belgique mais décidèrent de ne pas prendre l'autoroute et se retrouvèrent assez rapidement en campagne. Le trajet leur parût beaucoup plus calme et la vue plus agréable, ils voyaient des forêts, des champs, de magnifiques demeures qui pour certaines étaient même des domaines. Plus aucune lumières de la ville ne venait perturber leur voyage, plus aucun bruit mis à part celui du moteur et des ronflements de Ruby. Ils ne parlaient même plus et profité de ce moment paisible.

Ils n'étaient que vingt et une heure heures et pourtant, en traversant de nouvelles forêts, la nuit s'était bien installé et le brouillard était tombé. Adrien alluma le chauffage car la température avait chuté assez rapidement et se dit que sa femme allait avoir froid, leur chienne commençai, elle aussi, à s'agiter. Ils convinrent alors d'un arrêt repas dès qu'il trouverait un endroit tranquille mais un peu plus éclairé. En attendant, les arbres défilés et la route noire paraissait infiniment longue.

- Tu peux ralentir un peu stp ?

Il ralentit à sa demande même si sa vitesse était déjà en dessous de la règlementation, et elle se retourna pour le remercier mais à ce moment précis ; elle vît quelque chose traversait la route :

- attentionnnnnnn, cria t'elle.

Adrien le vit aussi mais au dernier moment , il donna un coup de volant pour l'éviter car la forme était assez grosse ... il perdit le contrôle de la voiture et ce fût le trou noir .

Quand il ouvrit les yeux, tout était obscur, il n'y avait que du silence mis à part des gémissements, il regarda aussitôt sa femme, sa tête était appuyé contre le tableau de bord et elle ne bougeait plus, du sang coulait de son visage. Il se détacha rapidement et essaya de la relevait doucement, elle était pâle mais murmura :

- ça va, ça va ...occupe-toi de Ruby....

Et ils l'entendirent gémir derrière, Adrien sorti rapidement pour voir ce qui se passait, il ouvrit la porte arrière et la lumière s'alluma. La chienne était recouverte de tous les cartons et bagages qui étaient tombé sous le choc, il les sortit un à un le plus rapidement possible, elle le regardait en gémissant et sa queue bougeait légèrement, ce qui rassura un peu son maître. Une fois dégagée, il l'appela pour essayait de la faire sortir seule et tester ses réflexes, elle ne sortit pas. Alors Ava se détacha et sortie lentement de la voiture, elle était encore sous le choc, sa tête lui faisait mal mais ils étaient en vie. Elle alla au côté de son mari et essaya à son tour de faire sortir leur chienne.

- Ruby ! appela t'elle

Elle sortit enfin de la voiture, manquant de renverser sa maitresse qui ne tenait pas encore sur ses jambes. Rassurés, le couple se regarda et se serrèrent dans les bras pendant un long moment. Adrien se décolla le premier de sa femme, il voulut l'examiner, voir d'où provenait le sang qu'il avait vu coulait. Il regarda son visage et s'aperçut que c'était l'arcade sourcilière qui était ouverte :

- Ce n'est rien de grave ma chérie, on va désinfecter et mettre des point américains, dit il.

- Ok, on est où ? C'était quoi cette chose ?

- On est pas loin de la Belgique et franchement je pense que ce n'était qu'un sanglier ...

- Impossible bébé !!! c'était trop gros !

- Peu importe, il faut soigner ça en premier.

Il alla côté passager et récupéra la trousse de premier secours dans la boîte à gants, il fit asseoir sa femme et la soigna.

- Comment ça se fait que les airs bag ne se soient pas déclenchés ? questionna Ava

- Regarde autour de toi, il n'y a pas eu de très gros choc.

Elle regarda, et effectivement, ils avaient dérouté dans un champ, à la lisière d'une forêt, des arbres à une centaine de mètres de leur voiture ! Ava se dit qu'ils avaient eu beaucoup de chance, ils auraient pu les percuter de plein fouet !

Son mari la regardait, il avait fini de la soigner et son regard trahissait son inquiétude ; ils entreprirent de faire le tour de la voiture. A leur grande surprise, rien n'était cassé ! Certes il y avait des rayures mais aucuns autres dégâts apparents extérieurs. Adrien alla côté conducteur pour essayer de démarrer, la voiture s'alluma tout de suite. Les essuis glaces, le klaxon, les phares, tout y passa et tout fonctionnait, il sortit de la voiture et dit à Ava :

- On a vraiment eu de la chance !

- Oui beaucoup ! Un ange était avec nous ! Regarde Ruby ; lui dit-elle en montrant leur chienne.

Elle était en train de courir partout dans la lumière des phares et ils étaient d'autant plus content de voir qu'elle allait très bien.

Ils décidèrent de ranger la voiture pour repartir mais cette fois ci, en attachant les cartons et bagages de l'arrière avec des sangles et des tendeurs.

Adrien et Ava étaient en train de tout remettre en place quand ils entendirent leur chienne grogner, ils levèrent la tête aussitôt, elle était non loin de là à une centaine de mètres environ, près d'un arbre. Ava l'appela mais elle ne vînt pas, Adrien essaya à son tour mais elle n'écoutait pas et continua de grogner . Ils prirent une lampe torche et y allèrent , ce pouvait être un animal qui pourrait blesser Ruby .

Quelques mètres les séparer de leur chienne, quand Ava se stoppa net, elle se tenait la tête et chancelait, son mari la retint :

- What is happening my darling ? *

- Je ne sais pas, c'est bizarre, vraiment bizarre ....

- Tell me !

- C'est comme un genre de flash, de vision, j'ai vu une tête d'animal avec de grosses dents ... laisse tomber, ça va mieux et c'est trop bizarre, lui dit elle.

Ruby grognait toujours, ils s'approchèrent de l'arbre. Des petits bruits attirèrent leur attention et là ils découvrirent un tout petit chaton à demi caché sous des feuilles. Il était si petit qu'il avait à peine deux ou trois semaines.

- Ruby, cesse de grogner, ce n'est qu'un bébé !

Mais la chienne reprit de plus belle ! Alors Ava se baissa pour le prendre quand tout à coup son mari la poussa et lui attrapa le bras.

*Que se passe t'il ma chérie

31

- ça va pas ? Tu m'as fait mal ! Qu'est ce qui te prend ?

- Je suis désolé baby mais regarde !!! lui dit-il en montrant du doigt.

A un mètre du chaton, on pouvait voir la langue noire et fourchue sortir de la gueule d'un serpent, il était fin et marron.

- C'est une vipère, c'est venimeux, il faut sortir Ruby, lui dit Adrien.

Ava prit la chienne par le collier et l'amena un peu plus loin, son mari avait gardait la lampe, mais elle senti prés de ses pieds quelque chose de dur, elle se baissa et l'attrapa, c'était un bâton.

- Bébé ! Attrape !

Il rattrapa le bout de bois et sans réfléchir pris une inspiration et essaya de faire fuir le serpent. Au bout de la troisième tentative, la vipère s'en alla et Adrien fit signe à sa femme de revenir. Elle pris le chaton, il était vraiment tout petit ; tout humide, et très froid, elle le fit sentir à sa chienne qui remuait sa queue dans tous les sens. A ce moment-là, elle ressentît un sentiment de bien-être et d'amour.

Ils allèrent à la voiture et sortirent quelques valises pour attraper une serviette où enrouler le petit animal, Adrien démarra la voiture pour mettre le chauffage, sa femme posa le chaton enroulé sur son siège et ils allèrent finir d'attacher les cartons et de ranger le reste de bagages. Il n'était pas loin de vingt-deux heures avec tout ça et ils n'avaient pas mangeaient. L'hôtel était encore loin et ils voulaient essayaient de sauver ce petit animal malgré le froid.

Ava fit monter Ruby, ils s'installèrent et reprirent la route.

- J'espère qu'on va pouvoir le sauver, dit-elle en frictionnant le chat pour essayer de le réchauffer.

- Oui je pense, il doit avoir quelques semaines déjà mais il va falloir s'arrêter à une pharmacie de garde pour acheter un biberon si on arrive pas à le faire boire. Je me demande surtout comment il a atterri là, il n ' y avait rien autour. À mon avis, il a été abandonné.

- C'est possible bébé, ses yeux sont bizarres, je me demande si il n'est pas aveugle, regarde ....lui montra sa femme.

Adrien donna un coup d'œil machinalement mais il conduisait et il faisait noir ;

- Je regarderais après, quand on s'arrêtera, dit' il.

Après une bonne heure de route, ils étaient arrivés en Belgique, leur hôtel se trouvait dans un endroit tellement isolé qu'ils se seraient cru en pleine campagne alors qu'ils étaient à moins de dix minutes du centre ville. C'était un bel endroit, sa façade en bois faisait penser à un chalet de montagne, les chambres étaient accessibles de l'extérieur et vu l'heure tardive à laquelle ils arrivaient, c'était beaucoup mieux ainsi.

Ava sortit et alla installer les animaux pendant que son mari la suivait avec leur valise et le sac de Ruby.

Ils furent surpris de rentrer dans une grande pièce, ils ne s'attendaient pas à ça. Une petite cheminée où le feu brûlé déjà, les attendait au centre de la pièce, autour il y avait deux beaux fauteuils de velours rouge et une petite console ronde entre les deux sur laquelle se trouvait un très beau bougeoir doré. Au fond de la pièce, il y avait un grand lit, les draps immaculé de blanc, les oreillers biens garnies et la grosse couette, les inviter à venir s'y allonger. Sur les tables de chevet, d'autres bougie étaient posés. Ava, suivie de près par Ruby, poussa la porte qui se trouvait à côté du couchage et découvrit une belle salle de bain avec une grande baignoire.

Adrien venait d'arriver et visita lui aussi les lieux :

- C'est magnifique, bravo chérie, nice step ! * lui dit'il

- Ah ben merci, je ne m'attendais pas à ça non plus, je suis ravie ! Tu as vu la salle de bain ? Le lit est géant ! Je crois qu'on va bien dormir, dit-elle en lui faisant un petit clin d'œil au passage.

Elle alla voir le chaton et appela son mari, effectivement il avait les yeux tout blanc comme laiteux, ils en conclurent tout deux qu'il était bel et bien aveugle et qu'il avait était

*Belle étape

34

sûrement abandonné à cause de cette infirmité.

La jeune femme le mit près de la cheminée pour essayer de le réchauffer encore et entreprit de lui trouver à manger, elle farfouilla dans la glacière et y trouva le lait qu'elle avait pris pour son petit déjeuner, elle sortit la grosse gamelle de Ruby qui arriva au pas de course ;

- Attend Ruby, ce n'est pas pour toi !

Elle y mit un peu de lait et pris le chaton, qui bût immédiatement, dans ce plat beaucoup trop grand pour lui ;

- Bébé ! Bébé ! Il boit seul ! dit'elle à son époux.

- Oui, oui, je vois, je pense qu'on arrivera à le sauver du coup, dit'il rassuré.

Ils le laissèrent boire à volonté et pendant ce temps, Adrien essaya d'improviser une litière avec du papier journal trouvé près du feu.

Ava, quant à elle, prépara leur petit encas du soir sur la console entre les deux fauteuils. Elle avait sortie des croque-monsieur préparés de la vielle, des chips, deux boissons et elle avait jeté sur le lit gâteaux et bonbons pour la soirée.

Ils firent manger leur chienne et s'installèrent, eux aussi, confortablement.

- Il est aveugle...blind *... marmonna Adrien tout en mangeant son croque monsieur.

- Oui et ?

- ça sera difficile pour lui.

- Oui c'est une question d'habitude, regarde, il est allé directement à la gamelle.

- Certes ...

- On le garde ? demanda t'elle

- Oui, bien sûr !

- Comment va t'on l'appeler ?

- Blind ? proposa Adrien.

- Ah oui, trop bien, bonne idée mon cœur !

Ils étaient si bien dans cette chambre, c'était calme, Ruby avait fini de manger et s'était allongé près de la porte, Blind était beaucoup moins froid et le couple finirent leurs repas avec le crépitement du feu de cheminée.

- Douche and dodo ? proposa Adrien.

-Ah oui je valide ! répondit'elle.

* aveugle

- Ok je sors Ruby et on fait ça.

Ava l'embrassa et sourie.

Elle ferma à clefs derrière lui et décida d'allumer toutes les bougies et d'éteindre les lumières, l'ambiance était vraiment propice à la détente et ils en avaient grand besoin après toutes ces émotions. Elle alla faire couler un bain puis vérifia si Blind allait bien. Il avait réussi à sortir de sa serviette, il était tout blanc, ses poils étaient long et Ava craquait complètement pour ce petit chat. Elle le caressa et senti qu'il était totalement réchauffé, ce qui la rassura, elle s'empressa de retourner éteindre l'eau.

Adrien frappa à la porte et quand sa femme lui ouvrit, il était dans un petit cocon de lumière tamisé, il ferma à clefs, lui sourit et la suivit jusque dans la salle de bain.

V

Don ou malédiction ?

La nuit avait était des plus calme et reposante, les amoureux se réveillèrent doucement et profitèrent d'un rayon de soleil qui filtré d'une fenêtre. La douce chaleur de la couette et la cheminée qui s'était éteinte ne leur donnait pas envie de se lever du lit mais Ava en sortie la première car elle venait de penser à Blind.

- Je vais voir le chaton, je ne l'ai pas entendu de la nuit, lui dit-elle en l'embrassant.

Elle se leva, approcha de la cheminée et découvrit, avec émerveillement, le petit chaton minuscule enroulé contre leur grosse boule de poils de plus de soixante kilos. Adrien la rejoignit aussitôt et rigola quand il vît que Ruby n'osait plus bouger, certainement de peur d'écraser cette toute petite chose.

Après tant de mignonnerie, Adrien sortie leur chienne pendant qu'Ava prépara le petit déjeuner pour cette petite famille qui venait de s'agrandir.

- Ce serait bien d'appeler ton père, aujourd'hui, pour ne pas qu'il s'inquiète, dit Ava.

- Yes tu as raison, répondit 'il.

- Alors je résume le programme ! s'exclama t'elle

Et son mari fit mine de se tenir la tête et de grimacer ;

- Today !* dit'elle en lui faisant un clin d'œil puis reprit :
c'est la seconde étape de notre programme et on va espérer
que tout se passe bien ...

- Tout se passera bien, confirma t'il.

- Donc je disais, reprit'elle en faisant mine de se gratter la
gorge, seconde étape, encore six ou sept heures de route
environ, Belgique / Lübeck .

- A vos ordres, miss dit-il en rigolant.

   Il était plus de onze heures quand ils furent enfin prêts à
partir. Une fois tous installé dans la voiture, ils prirent la
route. Ils n'avaient parcouru qu'une centaine de kilomètres,
quand le téléphone d'Adrien sonna :

- C'est ton père mon cœur, lui dit Ava en regardant son
téléphone.

- Ah, super ! On devait l'appeler justement. Met en
haut-parleur s'il te plait.

* aujourd'hui

Ava décrocha mais à l'autre bout du fil, ce n'était pas la voix de Jim.

- Mr Smith Adrien ? dit une voix d'homme.

- Oui, c'est bien lui, répondit Adrien surpris.

-Je suis Dan Jones, un ami de votre père, on s'est vu l'année dernière lors de votre voyage.

- Yes, hello Dan. Qu'y a-t-il ? demanda t'il inquiet.

- Je vais être un peu brutal mais nous sommes à l'hôpital, votre père vient de faire un infarctus …annonça Dan.

Adrien n'arrivait plus à parler, il se gara sur le côté et arrêta la voiture ;

- Adrien, vous êtes toujours là ? répéta l'homme au téléphone.

- Yes…

- Je suis sincèrement désolé …

   Adrien n'entendit pas le reste, son cœur se mettait à battre à tout rompre et sa tête lui faisait mal. Il sortit de la voiture pour prendre l'air glacial de l'hiver, Ava sortit derrière lui et le prit dans ses bras le plus fort qu'elle pût.

-Non, non et non !!! Je ne peux pas perdre mon père et ma mère à quelques mois d'intervalles !!!

Ils décidèrent de repartir sur Bruxelles pour prendre l'avion le plus rapidement possible, Ava conduisait mais le temps ne passait pas, les kilomètres s'éternisait et la route paraissait encore plus longue qu'à l'aller. Ils avaient dû faire demi-tour pour aller à l'aéroport le plus proche et le silence était tombé dans la voiture. L'inquiétude pouvait se palper du bout des doigts, même Ruby avait arrêter de ronfler et regarder ses maîtres comme si elle sentait qu'il se passait quelque chose.

- J'ai bien réfléchi depuis tout à l'heure mon cœur, et la meilleure des solutions est que tu y ailles seul, dit Ava à son mari.

- Certainly not * ! s'écria Adrien surpris par cette phrase.

- Mon cœur …. (Elle prit le temps d'inspirer) on est toujours ensemble, on ne se sépare jamais hormis pour le travail mais je pense qu'on peut le faire ....

- But why,** désolé, pourquoi ?

- Ecoute, ça va être compliqué de partir en urgence avec un chien comme le nôtre, un chat qu'il faut surveiller et qui je pense ne supporterais pas un voyage en soute et il faut que tu y sois le plus rapidement possible. Je sais que c'est la meilleure des solutions et je suis sûre qu'on va y arriver. Tu es mon âme sœur, mon cœur, je n'ai pas passé un jour entier sans toi et je te jure que tu vas me manquer plus que tout mais tu dois prendre le premier avion qui part ....

* certainement pas ** Mais pourquoi

41

Son regard s'était embué, la route n'était plus très claire, elle essuya furtivement ses larmes pour ne pas qu'Adrien la voie.

- Ok my darling, je t 'aime plus que tout, lui dit 'il.

- Moi aussi mon cœur, je t'aime. Et n'oublie pas que je ne suis pas seule... lui dit-elle en regardant derrière, par son rétroviseur.

Ruby était allongé sur le siège et Blind était blottie contre elle, cette vision la fit sourire.

Une fois arrivée, ils descendirent rapidement de voiture, Adrien alla à l'intérieur acheter un billet et Ava se hâta de faire une petite valise avec les affaires de son époux uniquement. Une fois finie, elle glissa un petit mot à l'intérieur, où elle lui avait écrit : " Noi dui contr'a tutti ". Il s'était fait tatouer, tous les deux, cette phrase quelques années auparavant ; une phrase en Corse, qui voulait dire :

" Nous deux contre tous "

Elle referma la valise avec beaucoup de tristesse, des larmes coulaient sur ses joues et elle ne savait plus quoi penser.

Avait' elle prit la bonne décision ? Peut-être pas la plus efficace, c'était sûr ... Mais la plus rapide dans cette situation d'urgence. Elle avait peur, peur d'être sans son mari, peur qu'il lui arrive quelque chose, peur de tout car ils n'étaient jamais séparés l'un de l'autre.

Adrien la sortit de ses pensées en arrivant très rapidement, il était agité :

- J'ai un vol dans une demi-heure, il faut que j'embarque ! lui dit il essoufflé.

- Déjà ?! lui répondit Ava paniqué.

Elle lui tendit sa valise, le cœur lourd. Adrien alla voir Ruby, lui donna quelques caresses et lui chuchota de bien s'occuper de sa maitresse. Puis il se tourna vers Ava, il la regarda et la trouvait si belle. Des larmes coulaient sur son visage pâle, des mèches de ses magnifiques cheveux venaient se coller contre ses joues. Elle avait un petit nez parfait et ces fameuses petites taches de rousseur qui le faisait tant craquer. Il la regarda encore et encore, le temps semblait suspendu. Il l'a serra fort contre lui, l'embrassa passionnément et lui chuchota :

- Je t'aime mon amour, you are the woman of my life* ...

Puis il partit, seul, laissant sa femme derrière lui. Il se retourna pour lui faire un dernier coucou, un sourire pour essayer de la rassurer, et accéléra le pas pour ne pas rater son avion. Il était inquiet de la savoir seule, dans un pays qu'elle ne connaissait pas, mais il avait confiance. Depuis plus de dix ans qu'ils se connaissaient, il savait comment elle était, sa façon de fonctionner et sa grande force. Elle allait gérer, c'était certain.

*tu es la femme de ma vie

Les aurevoirs furent déchirant, Ava regardait son homme partir et son cœur se brisa de tristesse. Il lui fallut quelques minutes pour se calmer et pouvoir reprendre la voiture pour sortir de l'aéroport. Ils n'avaient pas eu le temps de convenir de quoi que ce soit, de combien de jours il resterait à Londres, où elle irait, rien. Elle décida de retourner à l'hôtel de la veille et elle aviserait une fois là-bas.

Quelques minutes plus tard, elle était devant l'établissement où la nuit d'avant avait était merveilleuse, elle descendit de voiture et ordonna à sa chienne de garder Blind. Ruby s'assit immédiatement sur son siège, droite comme un piquet en position de garde.

Elle rentra dans l'accueil où elle vit une femme et lui expliqua sa situation. Elle devait avoir une soixantaine d'année, des cheveux courts poivre et sel, et un sourire apaisant. La gérante, attristé par l'histoire de la jeune femme, regarda tout de suite son ordinateur.

- Voilà, j'y suis, vous aviez la suite "love to love ", et je vois qu'elle n'est pas réservé avant plusieurs jours, je vous propose de vous reloger dans celle-ci ?

- Oui, ce serait vraiment parfait, lui répondit Ava reconnaissante.

- Alors impeccable, le service de nettoyage est déjà passé, vous pouvez vous y installer dès maintenant.

- Merci infiniment, vous ne vous rendez pas compte à quel point je suis soulagé ... c'est déjà un point de repère pour moi ...

- Avec plaisir, je vous en prie appelez-moi " Claire ", lui dit la réceptionniste.

- Merci Claire, à plus tard.

- A plus tard Mme Smith.

- Appelez-moi Ava, nous allons nous voir pendant quelques jours sûrement ...

- Très bien, Ava, bonne installation.

La jeune femme sortie, ravie et rassurée. Ruby montait toujours la garde et Ava se félicita du temps passé à l' éduquer et à la patience qu'il lui avait fallu pour y arriver.

Elle ouvrit la portière et la chienne sortie immédiatement, la queue toute frissonnante de joie. Elle n'avait presque jamais de laisse, elle écoutait très bien malgré le caractère très têtu du Saint Bernard, et restait toujours à proximité de l'un ou de l'autre. Ava prit Blind pour le poser dans la chambre et entreprit de vider la plupart de la voiture ; elle serait là pour quelques jours et il valait mieux être bien installé.

Elle déchargea la dernière valise quand tout à coup une violente douleur à la tête la fit vaciller, tout fût noir puis elle eut une vision ; elle vit une pièce éclairé par le feu d'une cheminée et rien d'autre .... Ce fût aussi furtif que la dernière fois et tout aussi bizarre. Vraiment une sensation de flash qui passe devant ses yeux mais repart tout aussitôt, elle fût troublée par cette nouvelle vision. C'était la seconde fois que ça arrivé et ce sentiment lui paraissait étrange.

Déjà quelques heures de passées et Adrien n'avait toujours pas donné de nouvelles. Le vol ne durait qu'une heure trente environ et Ava commençait à s'inquiétait. Dès qu'elle essayait de l 'appeler, son téléphone tombait directement sur la messagerie et cela ne la rassurait guère. La jeune femme essaya de ne pas paniquer ; sortir visiter la ville et chercher à manger pour elle et ses compagnons à quatre pattes, lui ferait le plus grand bien.

Elle se décida pour le centre de Bruxelles où elle tomba sur La Grand- Place, place centrale de la ville. Elle ne savait plus où regardait tellement elle la trouvait belle. Ses yeux tombèrent sur sa remarquable façade jalonnée de longues colonnes avec des détails dorés mêlant du style baroque et gothique. Malgré l'hiver bien présent, beaucoup de touristes déambulaient sur cette place magnifique, le ciel bleu donnait une impression de carte postale et l'atmosphère était vraiment agréable.

Elle alla s'assoir en terrasse d'un café, commanda un chocolat chaud et passa de longues minutes à regarder l'architecture, les touristes, le ciel ....Juste se poser et profiter du beau spectacle qui s'offrait devant elle. Son téléphone sonna et elle décrocha aussitôt :

- My darling ! dit son mari à l'autre bout du fil.

- Tout va bien ? Pourquoi tu ne m'as pas appelé ? Que s'est -il passé ? Comment va ton père ?

- Oui je vais bien, ne t'inquiète pas bébé. Le vol a été compliqué, je n'avais plus de batterie au téléphone et pour combler le tout on a oublié l'adaptateur !

   Ava regretta de suite cette erreur car c'est elle qui lui avait préparé la valise en urgence et qu'ils les avaient toujours avec eux lorsqu' ils partaient en voyage.

- Dan m'attendait déjà à la sortie d'avion pour aller directement à l'hôpital où je suis resté un long moment. Une fois arrivé, je suis descendu au magasin en bas de chez mon père pour acheter l' adaptateur et me voilà.

- Comment va Jim ? lui demanda t'elle

- Not very well *.... désolé, pas très bien ...Mon père était seul quand il a eu l'attaque donc ils ne savent pas si l'infarctus a duré plus de cinq minutes ou pas.

- Je ne comprends pas, lui dit elle.

- Lors d'un arrêt cardiaque, le sang n'arrive pas au cerveau et si on ne réanime pas dans les cinq à six minutes, il y a des lésions cérébrales qui apparaissent.

- Ah ok, lui répondit sa femme inquiète.

* pas tés bien

- L'infarctus peut entraîner une insuffisance cardiaque ou des troubles du rythme cardiaque, c'est pour ça qu'il est très surveillé. Il n'a que 48 ans et c'est jeune pour avoir ce genre de problèmes ... il était à son bureau en présentiel mais ses collègues ne s'en sont pas aperçu de suite. Je suis à son appartement là, et toi ? My darling, tu me manque ...

- ça va, ça va, répéta t 'elle.

- ça n'a pas l'air, lui dit Adrien qui la connaissait si bien.

- Si, si, mon amour, ça va. Je visite le centre de Bruxelles, c'est vraiment très beau ! J'aurais aimé que l'on soit ensemble .... J'ai laissé Blind et Ruby dans " notre palace " car j'irais faire des courses après ; ah oui, au fait, je suis retourné à l'hôtel d'hier soir, ils avaient de la place pour quelques jours et j'ai même pu récupérer " notre chambre "!

- Ah, ça me rassure de savoir que tu as un point de repère ! C' est parfait !

Les amoureux parlèrent encore plusieurs minutes ensemble avant de raccrocher.

Adrien, qui venait d'arriver chez son père, commença à défaire la valise préparée par son épouse. Il découvrit le mot écrit par Ava, ému, il lui envoya un message :

« Nous deux contre tous », thank you baby, * Je t'aime !

*merci bébé

Ava sourit quand elle lut le message de son mari, il avait bien eu son petit mot. Il était grand temps d'arrêter de flâner car les animaux allaient s'impatienter, finalement ça faisait déjà plus d'une heure qu'elle était partie et ça lui avait fait un bien fou.

Elle traversa encore quelques petites rues puis tomba sur une épicerie qui ferait très bien l'affaire.

Une fois les courses finies, elle rentra directement à l'hôtel où Ruby et Blind l'attendait impatiemment. La nuit tombait déjà quand elle regarda dehors, le paysage était vraiment agréable. De la fenêtre de sa chambre, elle avait vue sur le parc entouré de grands arbres majestueux. Le chemin de graviers blancs, quant à lui, était délimité par de petits peupliers. Elle sortit prendre quelques photos puis rentra très vite saisie par le froid de l'extérieur. Ava s'installa auprès du feu pour se réchauffer, prît les magazines à côté d'elle pour les feuilleter quand elle tomba sur une carte. Une carte de visite, rectangulaire, basique mais toute noire avec une seule inscription écrite en dorée : " Voyance " et un numéro de téléphone. Rien d'autre, ni nom, ni adresse. Elle pensa directement à Jim et voulu appeler mais n'en fit rien. Elle avait assez de soucis à gérer que des histoires de medium. La jeune femme pouvait croire en certains dons mais comment savoir si cette personne était vraiment honnête ?

Elle reposa la carte puis entreprit de lire les revues posées à côté d'elle, elle tourna plusieurs pages sans les lire puis la regarda de nouveau. La tentation était trop grande alors elle l'a saisie et composa le numéro avec un brin d'excitation. Le téléphone sonna une fois, deux fois, trois fois .... Puis plus rien, pas de messagerie ni d'opérateur pour dire que la ligne ne serait pas la bonne. Ava, regardait son portable interloqué, quand tout à coup un message apparût sur l'écran :

" Bonsoir, voudriez-vous une consultation ? "

La jeune femme surprise, répondit aussi vite par un oui. Elle reçut un nouveau message qui lui donnait rendez-vous dans une demie heure à un kilomètre de l'hôtel.

  Elle accepta. Ava posa son téléphone un peu inquiète, était ce prudent de sortir sans savoir qui était cette personne ? Mais elle décida qu'elle irait quand même. Elle regarda l'heure, il était seulement vingt et une heure, dehors il faisait bien noir, alors elle imaginait ce que ça serait en Suède. Elle décida de prendre une douche rapide puis enfila un jeans et un pull chaud et se hâta pour ne pas être en retard.

  La jeune femme pris Ruby pour se rassurer et laissa Blind près de la cheminée pour ne pas qu'il est froid. Elle regarda autour de la pièce une dernière fois pour être sûre qu'il n y ai rien de dangereux pour le petit chaton puis mit sa main sur la poignée de la porte, pris une grande inspiration et sortit.

  L'air était encore plus froid et ce long chemin de gravier délimité par des peupliers était magnifique de jours mais effrayant la nuit...Ava n'en voyait pas le bout et sortit son portable pour allumer la lampe torche. Sa chienne restait à ses côtés et ne la lâchait pas d 'une semelle, ce qui la rassura. Elle envoya un message à Adrien pour lui dire qu'elle sortait faire une promenade avec Ruby et qu'il ne devait pas s'inquiéter mais tout en se doutant que ce ne serait pas le cas. Effectivement, il lui répondit aussitôt :

" Mais tu es où ? " lui écrit 'il

" Je suis au parc de l'hôtel, ne t'inquiète pas. Je t'aime " lui répondit la jeune femme qui ne voulait pas lui dire tout de suite ses projets.

" Je t'aime aussi, sois prudente. Je t'appelle après "

   Elle continua de marcher tout droit et vît un peu plus loin qu'elle arrivait à la sortie de l'hôtel, elle regarda les indications du lieux de rendez-vous puis tourna à gauche dans une rue à proximité du parc. Elle s'arrêta d'un coup et mis ses mains sur sa tête, Ruby s'était assise à côté d'elle et la regardait sans comprendre. Ava venait encore d'avoir un flash, une lumière vive d'un coup, des flammes puis un sentiment de sécurité. C'était rapide et pas clair du tout, elle ne comprenait pas pourquoi elle avait ces visions-là, qu'est-ce qu'elles voulaient dire ? Pourquoi maintenant ? Qu'est ce qui les provoquait ?

   Elle reprit tout de même sa route, tout en rassurant sa chienne, il ne lui restait que quelques centaines de mètres d'après les explications de son GPS mais elle ne voyait rien autour. Le chemin qu'elle avait emprunter n'était que terrain vide ou en début de construction, elle éclaira un peu plus loin mais il n'y avait rien . Elle regretta de ne pas avoir pris la vrai lampe torche, qui elle, illuminait beaucoup mieux qu'un simple portable. Courageuse, elle continua de marcher dans la direction qui lui était indiqué et enfin vît un peu plus loin une caravane éclairée. Elle avança jusqu'à celle-ci quand elle vît une seconde roulotte, entièrement noire qui porté une inscription dorée sur le dessus de la porte où était noté :

" Voyance "

La première était blanche, de la lumière venait de l'intérieur où on apercevait un beau bouquet de fleurs dans un vase posé sur une table, des rideaux rose et un peu kitch était installé aux fenêtres. Mais quand elle se tourna vers la seconde, ce n'était pas la même ambiance. La caravane était noire, elle n 'en avait jamais vu de cette couleur .... Il n'y avait qu'une seule fenêtre sur le devant, bizarrement, et on pouvait apercevoir le crépitement d'une bougie mais rien d'autre.

Elle ordonna à Ruby de rester assise et de garder puis monta la première marche et toqua à la porte.

- Entrez, répondit une voix de femme.

Ava s'exécuta, ouvrit la porte et découvrit un tout autre univers ; une table ronde était installé au milieu de la petite pièce, où dessus était posé une nappe blanche à dentelle, un grand bougeoir en argent où brûlait une bougie de la même couleur que la nappe, et un jeux de carte. Devant la table mais de dos tourné, il y avait une femme assise, elle avait des cheveux courts, couleur grisonnants ,elle était assez petite et ne parût pas pressé d'accueillir son invité. La jeune femme, un peu inquiète, examinait cette personne de la tête au pied, elle avait l'impression bizarre de la connaître.

Enfin , elle se retourna et qu'elle ne fût pas sa surprise quand Ava découvrit la réceptionniste devant elle :

- Claire ? demanda t'elle.

- Oui, oui c'est bien moi, je suis désolé, il fallait que je finisse quelque chose ... Tout va bien, Ava ? Vous êtes toute blanche !

- Non, ça va merci, juste surprise mais rassuré lui répondit -elle

- Je me suis permise de laisser une carte dans votre chambre car j'avais des choses à vous dire ... je vous en prie, asseyez-vous.

Ava, interloqué par cette remarque, s'assit devant Claire.

La réceptionniste pris le jeu de carte devant elle et le battit.

- Ava, prenez le jeu et de votre main gauche coupé le, deux fois, lui ordonna gentiment, la voyante.

La jeune femme fit exactement ce qu'on lui demandait tout en regardant Claire. Son visage était fermé, elle était moins souriante, moins avenante et plus concentré. Elle fit donc trois piles de cartes qu'elle posa sur la table devant elle.

- Nous n'avions pas dit qu'on se tutoyer ? lui dit Claire en lui souriant, comme si elle avait lu dans les pensées de la jeune femme.

Ava acquiesça de la tête et continua de regarder le jeu.

- Ava, tu peux retourner les tas.

Elle retourna le premier et vit un dix de pique, elle leva les yeux vers Claire qui lui fit signer de continuer ;

Elle retourna le second tas et le neuf de trèfle apparût,

- Retourne le dernier, lui demanda Claire.

Ava prit le dernier tas et le retourna, son cœur s'accélérait et sa bouche était sèche, elle ne savait que penser car la voyante ne disait rien et ne laissait rien transparaître.

Trois cartes étaient à présent disposer sur la table ; le dix de pique, le neuf de trèfle et un neuf de cœur. Les femmes se regardèrent puis Claire prit la parole en premier :

- Je vois un deuil ....

Ava pensa de suite à son beau-père mais écouta le reste attentivement et essaya de rester positive et de ne pas paniquer. Claire continua :

- Je pressent un voyage lointain ou un déménagement mais parsemé d'embûches et très compliqué ... Ça te parle ? Car des choses ne sont pas nettes pour moi.

- Oui ça me parle, c 'est ce que nous traversons actuellement.

- Ok, je vais te faire un tirage plus détaillé pour savoir de quoi il s'agit exactement, mais avant je vais te demander quelque chose.

Claire rangea le jeu de cartes, en attrapa un second, le battit et demanda à Ava de retirer une seule carte du jeu.

La jeune femme en prit une, la posa et l'a détailla ; elle vit un genre de boussole, un ange gardien, le ciel, des animaux et au-dessous une inscription .

- La roue de la fortune ... dit la voyante tout haut mais se parlant à elle-même tout en essayant de réfléchir.

Elle demanda à la jeune femme d'en tirer une autre. Ava en retira une seconde au hasard :

- La grande prêtresse ... fit la médium.

- Ces cartes veulent dire quoi ? questionna Ava

- Ces cartes veulent dire que j'avais raison de vouloir te parler en particulier. La roue de la fortune peut indiquer une capacité pour la médiumnité et la grande prêtresse le confirme.

- Je ne comprends pas Claire ....

- Je pense que tu comprends très bien, des dons sont arrivées en toi et je le sens depuis que je t'ai rencontré. N'y a t'il rien de nouveau dans ta vie, des pressentiments plus fort que d'habitude ? des visions ? des flashs ?

En attendant ces derniers mots, Ava comprit tout ce qui se passait depuis quelques jours, depuis le jour de l'accident de voiture.

- On va arrêter là pour ce soir, lui dit Claire en voyant son visage pâle.

- Oui c 'est mieux, je ne me sens pas bien, lui répondit Ava.

- Tu dois accepter ce don, le faire tien et le chérir. Ais confiance en lui, écoute-le et ne doute surtout pas de toi. Tiens, lui dit-elle en lui tendant un verre d'eau.

- Merci pour tout Claire, ça va mieux, je t'assure. Combien je te dois ?

- Absolument rien, fais-moi juste la promesse de faire confiance à tes visions.

- Je t'en fait la promesse, lui dit la jeune femme.

Sur ce, elle lui dit aurevoir et sortie de la caravane. Ruby, ravie de voir sa maîtresse, frétillé sa queue et sautait dans tous les sens. Ava la félicita d'être une bonne gardienne et reprirent la route toute les deux.

Le chemin parût bien plus court qu'à l'aller , la jeune femme ne faisant que réfléchir à ce que Claire lui avait dit. Cette soirée avait vraiment été perturbante mais très intéressante à la fois. La sonnerie du téléphone retentit, elle décrocha rapidement quand elle vît que c'était son mari à l'autre bout.

- Coucou mon cœur, dit-elle d'un air enjoué.

- Hello baby, lui répondit-il sur un ton maussade.

- Que se passe-t-il ? demanda t'elle en entendant la voix de son époux.

- Je suis à l'hôpital de nouveau, mon père fait des arythmies cardiaque ...ils parlent de l'opérer, ils choqueraient son cœur pour qu'il reparte comme il faut après mais ça ne marche pas à tous les coups.

- Mais, non ?! Ils vont lui arrêtaient le cœur avec des palettes ?

- Yes baby, exactly *... ils ne savent pas encore quand, ils le feront certainement demain car là il est déjà tard.

- Oui c'est vrai, on a une heure de plus qu'à Londres, ici il n'est pas loin de vingt-trois heures, je n'ai pas vu l'heure passé.

- Pourquoi ? Tu es toujours en promenade ? demanda-t-il d'un ton inquiet.

- Oui mais je rentre là, je suis sur le retour, ne t'inquiète pas.

* oui bébé, exactement

57

- Mais pourquoi ? Où étais-tu ? Bien sûr que je suis inquiet ! Tu es dehors en pleine nuit dans une ville que tu ne connais pas !

- Je rentre et je te rappelle, je suis presque arrivé, je t'aime, à de suite.

- Ok, je pars de l 'hôpital et je te téléphone quand je suis chez mon père. Il te fait de gros bisous d 'ailleurs, et envoie moi des photos de Blind que je les lui montres stp. A tout à l'heure.

- Ok, je le fait de suite, embrasse le pour moi.

Ils raccrochèrent quand Ava venait d'arriver à la chambre, elle alla voir le chaton et vît immédiatement qu'il dormait exactement au même endroit qu'elle l 'avait laissé. Rassurée, elle se mit en pyjama, leur donna à manger à tous les deux et s'effondra dans le lit.

Une heure plus tard, Adrien l'appela et elle se décida à tout lui dire, elle lui raconta ses flashs, la carte de visite, "la promenade " chez la voyante qui était aussi la réceptionniste, tout y passa et ils restèrent des heures au téléphone à parler. Le couple étant fusionnel, depuis le début de leur relation, il était très dur pour eux de se séparer dans de telles circonstances. Jim entre la vie et la mort et la jeune femme qui ne pouvait être à ses côtés et ne pouvait soutenir son mari .... Elle, seule avec son nouveau don et ne sachant comment réagir .... Ils parlèrent encore et encore jusqu'à ce qu'Adrien entende la respiration calme de sa femme qui venait de s'endormir. Il lui souffla :

" Good night my love " puis raccrocha.

Le lendemain matin, Ava se réveilla avec les rayons de soleils qui traversaient la fenêtre de sa chambre, elle s'étira dans ce lit douillet et se sentit de bonne humeur. Elle ne savait pas encore combien de temps elle resterais seule ici, ni si elle devrait finalement rejoindre son mari donc elle prit des résolutions pour passer le temps.

Elle se prépara, s'occupa des animaux et décida de sortir avec Ruby. Elle regarda tendrement Blind :

- Je reviens, reste ici et sois sage. A tout à l'heure petit chat.

Elle ferma la porte à clés et parti en quête d'une librairie avec sa fidèle compagne. Elle regarda sur le portable et la plus proche était à une quinzaine de minutes à pied, c'était parfait pour se dégourdir les jambes !

Sur le chemin, elle appela son mari ;

- Coucou, mon cœur, lui dit-elle

- Bonjour chérie, ça va ? Tu fais quoi ?

- Je promène avec Ruby et je cherche une librairie.

- Tu vas essayer de trouver un livre sur les dons de visions ?

- Oui, il faut absolument que j'en saches plus, lui répondit la jeune femme.

- Oui c'est sûr .... On va arriver à comprendre tout ça et on sera ensemble très vite, je l'espère ....

- Je l'espère aussi mon cœur, tu me manque ...

- Tu me manque aussi my love* .... je vais aller à l'hôpital voir mon père, je te tiens au courant de ce qu'ils disent quand j'y suis.

- Oui, fais des bisous à Jim pour moi et n'oublie pas de lui montrer les photos de Blind. A tout à l'heure, je t'aime.

- A tout à l'heure, I love you **

Après avoir raccroché avec son mari, elle continua sa route tranquillement, Ruby toujours à ses côtés. Tout à coup, sa tête lui fit mal, elle s'arrêta net et une vison apparut encore.

Ça ressemblait à une chambre d'hôtel puis elle vit une femme d'une vingtaine d'année vêtue d'un pantalon noir, d'une chemise blanche, sa peau était aussi pâle que la sienne, ses cheveux était long et blond, elle paraissait gentille et elle portait un badge avec un prénom dessus :

" Laura "

Elle se redressa, tout s'était calmé, elle n'avait plus mal mais avait tout retenue. Ce coup-ci, c'était bien plus précis, bien plus clair et surtout elle avait une idée de ce qu'elle avait vu mais pour s 'en assurer, elle appela son hôtel.

*mon amour   ** Je t'aime

- Wooded hôtel, Claire à votre service, que puis-je faire pour vous ? répondit la réceptionniste.

- Ah super, c'est toi Claire ! C'est Ava !

- Ava, tout va bien ?

- Oui et non, je viens d'avoir un flash de nouveau ! Mais il était beaucoup plus clair et plus précis ! Avez-vous une femme de chambre qui s'appelle Laura ?

- Euh... oui répondit Claire un peu surprise par cette question.

- Peut tu la joindre pour savoir de quelle chambre elle s'occupe stp ? lui demanda Ava en la pressant.

- Oui je m'en occupe, reste en ligne .... lui répondit la réceptionniste de plus en plus intriguée.

Quelques secondes plus tard, elle reprit Ava :

- Ava ?

- Oui Claire, dit moi.

- Laura est en train de nettoyer votre chambre ...

- Je le savais !!! Je t'ai fait une promesse et je la tiens, on se voie tout à l'heure ! lui dit Ava en interrompant la conversation téléphonique.

Claire, surprise, ne comprenait pas tout mais elle savait qu'elle aurait l'explication très rapidement et sourit en coin.

La jeune femme vit un banc et s'assit pour résumer en décidant de les lister.

1 : Elle avait eu un pressentiment d'un accident puis une première vision où elle avait vu une tête d'animal et de grosse dents.

2 : Seconde vison en déchargeant les valises à l'hôtel où cette fois ci, c'était une pièce éclairée par un feu de cheminée.

3 : Une troisième fois en allant voir la voyante où elle avait eu peur en voyant des flammes suivie d 'un sentiment de sécurité.

4 : Puis enfin la dernière et non la moindre ; la chambre d'hôtel et la femme de ménage avec son prénom !

Elle savait à présent, tout correspondait et elle en était sûre.

Elle appela Adrien et aussi calmement que possible lui lança :

- Je vois à travers Blind !

C'était tellement évident, les grosses dents et la tête d'animal c'est Blind qui le voyait, la cheminée idem, et la femme de ménage encore.... Tout correspondait et elle était sûre d'elle. Mais jamais elle n'avait entendu parler d'un don comme celui-ci et le chaton étant aveugle, comment était-ce possible ? Comment expliquer cette connexion entre cet animal et elle ?

Adrien toujours au bout du fil, l'interrompit dans ses pensées.

- Tu te rend compte à quel point cette situation est folle ? Je ne comprends pas ! It's crazy ! * lui dit son mari un peu abasourdie.

- Je sais, je sais, calme-toi et respire, reprit sa femme excitée par la situation.

- Mais pourquoi ? Tu veux faire quoi ? lui demanda t'il.

- Pourquoi ça m'arrive, je ne saurais te dire mais je sais que je veux trouver des réponses à mes questions et je sais exactement où aller ! Et ce n'est pas à la librairie que je les trouverais !

- Où est ce alors ?

- Claire ….lui répondit -elle en faisant demie tour puis elle reprit :

- Comment va Jim, aujourd'hui ?

- Ils vont le descendre au bloc pour le choquer …. Dans une demi-heure max.

- Je suis désolé bébé, et moi qui t'embête avec mes histoires !

* C'est fou !

63

- Tes histoires sont les miennes et c'est moi qui suis désolé de ne pas être là dans un moment aussi important de notre vie, lui dit'il inquiet.

 - ça va bien se passer mon cœur," le positif attire le positif".

- Oui bien sûr .... Je te laisse, le cardiologue est là. Je t'aime mon amour.

Sur ce, Ava était quasiment arrivé à l'hôtel et alla directement à l'accueil.

- Ah super, tu es là ! dit'elle en voyant Claire.

- Oui je serais à l'accueil toute la journée aujourd'hui.

- On pourra se parler quand tu auras fini ? lui demanda la jeune femme.

- Pas de soucis, ce soir ? Vingt heures ? Dans ta chambre ?

- Parfait ! A tout à l'heure, alors ! lui répondit Ava en souriant.

- Bonne journée, et pense à allait visiter la serre à fleurs au fond du parc, lui conseilla Claire.

- Ah oui c'est vrai, je l'ai vu sur les prospectus ! Merci, à tout !

 Elle tourna les talons et rentra directement voir Blind. Elle passait souvent du temps à le regarder, le prendre dans ses bras mais là elle le prit pour l'examiner et le tournait et retournait comme si c'était un jouet en panne. Le pauvre chaton ne comprenait pas mais se laissait faire. Il était encore plus blanc que les premiers jours et ses poils longs poussaient assez vite, ses yeux étaient toujours laiteux mais tous ses autres sens fonctionnaient parfaitement bien. Ava essayait de comprendre comment ce don existait entre elle et cette boule de poils et pourquoi ; mais c'était ainsi et il fallait l'accepter . Elle posa finalement Blind, qui rassuré, alla se blottir contre Ruby.

Aujourd'hui était un nouveau jour et aujourd'hui serait le début de quelque chose d'important.

Quand le couple avait pris leur décision de partir, de quitter la France, leurs vies et leurs travails respectifs, ils leurs avaient fallu imaginer ce qu'ils feraient après, mais en attendant la jeune femme s'était dit qu'elle écrirait sur leur voyage, qu'elle tiendrait une sorte de journal de bord pour pouvoir écrire un livre plus tard. Il était temps de s'y tenir et elle aurait de quoi le remplir avec tout ce qui s'était passé depuis plusieurs jours. La vie n'avait pas été un long fleuve tranquille ces jours-ci....

Ava prit une grande inspiration, un cahier, un stylo et s'installa confortablement dans le fauteuil près de la cheminée. Elle écrivait sans s'arrêter, les mots jaillissaient de sa tête pour se poser sur ces pages blanches jusqu'à les remplir en entier. Sans qu'elle ne s'en rende compte, le temps filait à toute allure, les minutes et même les heures s'étaient écoulées.

Ce fût Ruby qui l 'a sorti de ses pensées, la chienne commençait à s'agiter, à se lever puis se recoucher, elle ne tenait plus en place. Ava souhaitait continuer sur sa lancée mais elle n'arrivait plus à se concentrer, elle regarda l'heure et qu'elle ne fût pas sa surprise quand elle vît qu'elle avait écrit pendant presque trois heures !

Du coup, elle s'inquiéta immédiatement de ne pas avoir de nouvelles de son mari. Elle l'appela mais la messagerie s'enclenché directement, elle réessaierait plus tard ....

La jeune femme se baissa vers le petit chaton pour le caresser et le rassurer :

- Je reviens Blind, on va se promener avec Ruby, lui dit'elle.

La chienne remuait la queue de plus belle, comme si elle avait compris et elles sortirent toutes deux en direction du parc. C'était une belle journée pour un mois de mars, Ava était en pull mais n'avait pas froid du tout, il était prés de treize heures et le soleil venait réchauffer cet immense jardin. Elle entreprit de continuer le chemin un peu plus loin et vît non loin de là, une grande serre d'un blanc opaque, entouré d'arbres. Elles s'y avancèrent toute les deux et la jeune femme poussa doucement la porte.

Elle ne s'attendait pas du tout à ce qu'elle vît, l'atmosphère était assez humide mais il faisait bon et de suite ce fût son odorat qui s'activa… Cette odeur de fleurs, ce parfum des plus agréables qui envahissait cette serre, c'était un pur bonheur olfactif. Une fois ses narines imprégnaient de cette senteur, elle entendit des bruits d'oiseaux qui régalait son ouïe, tous ses sens étaient en éveil et son regard ne pouvait se détacher de tant de splendeurs. Ils volaient d'un point à l'autre ou simplement poser sur une branche, leurs petits corps étaient d'un marron clair, les ailes noires et jaunes et leurs faces d'une couleur rouge écarlate, ce qui les rendaient spéciaux. Puis les yeux d'Ava découvrirent le reste de ce petit paradis, des fleurs de toutes couleurs et de toutes sortes ! Toutes étaient éclosent, il y en avait des rouges, des roses, des violettes, des jaunes .... Une palette d'une beauté absolue.

Elle sortit son téléphone et prit des dizaines de photos de tout ce qu'elle voyait ou qu'elle entendait, elle était dans un cocon de douceur à ce moment-là et le temps s'était suspendu. Elle s'assit au milieu de tout ça et prit le temps de tout voir, tout apprécié et surtout de remercier la nature pour ce décor et cette abondance.

Après avoir profité de tout ce que cette serre lui offrait, elle décida de se lever. Mais ce fût un échec, son corps était bloqué, toujours assise par terre, et sa tête lui faisant violement mal . Elle savait ce qui se allait se passer, se détendit et se laissa submerger ; la vision arriva de suite : elle vît la chambre d'hôtel puis le visage souriant et calme d'Adrien mais plus rien.

Elle pensa tout de suite à la promesse qu'elle avait faite à Claire ; faire confiance à son don. Elle se leva d'un bond dès que son corps le lui permis et se mit à courir le plus vite qu'elle pût. Si elle écoutait sa vision, son mari, son amoureux, l'homme de sa vie était enfin revenu !!!!

VI

L'apprentissage

Ruby ne se fit pas prier pour faire la course avec sa maitresse et en moins de cinq minutes, elle voyait déjà sa chambre. Elle ralentit un peu car elle n'avait plus l'habitude de courir mais sa chienne était déjà presque arrivée quand la porte s'ouvrit ....

Elle s'arrêta net et le vît sortir, son mari était là, à quelques mètres d'elle et après tout ce temps sans lui. Il était vêtu d'un jeans bleu foncé, de son pull blanc qu'elle aimé tant, et la regardé en souriant. Elle ne bougeait plus, mais son visage irradié de bonheur.

Elle le regardait parcourir les derniers mètres qui les séparé d'elle, sans oser bouger et il la rejoignit enfin.

Leur étreinte était d'une pure passion, comme si ils ne s'étaient pas vu depuis des semaines, leurs corps à tous deux étaient enflammés de ce manque, leurs bouches ne se décollaient pas et le désir était brûlant.

Adrien prît sa femme par la main et sans un mot, mais avec une tension palpable, l'amena jusqu'à dans la chambre.

Le soleil commençait à se coucher quand ils s'éveillèrent enfin, ils se regardèrent, amoureux et heureux.

- Dit moi tout, comment ça se fait que tu es rentré ? Jim va bien ? Tu es rentré en avion ? questionna Ava.

- Tu me manquait trop, je n'ai pas l'habitude d'être séparé de toi et quand ils ont remonté mon père et qu'ils ont vérifier que tout aille bien, je suis aussitôt parti pour prendre le premier vol. Tu me manquais trop mon amour, je t'aime.

Sur cette belle déclaration, Ava savait que où qu'ils aillent et quoi qu'ils fassent, du moment qu'ils étaient tous les deux, rien ne lui ferait plus peur. Elle se sentait aimé, protégé et rassuré par son mari.

Le couple resta encore à discuter dans le lit et profiter du plaisir d'être à nouveau réuni jusqu'à ce que Ruby leur fasse comprendre qu'ils n'étaient pas tout seul. Comme à son habitude, depuis qu'ils vivaient en chambre d'hôtel, la chienne s'agitait si elle restait trop longtemps enfermée. Adrien se leva en premier tandis que sa femme profitait encore des draps tout chaud. Elle ne pouvait détacher le regard de ce corps qu'elle aimé tant. Ses fesses étaient petites et rondes, son dos bien dessiné, ses bras tatoués et musclés et son torse recouvert en parti par un tatouage qui représenté la tête d'un loup sur un visage féminin. Ses jambes étaient assez fines et le tout faisait littéralement craquer la jeune femme.

Adrien qui sentit le regard posé sur lui, la regarda en

souriant et pris ses vêtements pour s'habiller.

- C'est bon ? La vue te plait ? lui dit'il en rigolant.

- La vue de cet hôtel est vraiment parfaite mon cœur ! lui répondit sa femme avec un énorme sourire aux lèvres.

- J'ai faim et toi ?

- Carrément ! J'ai sauté le repas de midi du coup ! Mais quelle heure est-il ?

- Il est presque dix-neuf heures, lui dit'il après avoir regardé sa montre.

- Oh mince ! Claire doit venir à vingt heures ! dit'elle en sautant du lit.

- Ok, alors on va manger vite fait et je pense qu'on sera bon pour le rendez-vous. Habille toi vite du coup ...

Adrien sorti rapidement Ruby tandis qu'Ava finissait de se préparer.

Quelques minutes après et tout à fait synchro, ils se mirent en route pour aller manger.

Pendant le repas, la jeune femme expliqua à son mari pourquoi elle souhaitait que Claire vienne. C'est vrai qu'elle ne la connaissait que depuis quelques jours mais elle avait confiance en cette personne, elle ne savait pas pourquoi mais elle sentait que la voyante était quelqu'un de positive. Il était rare qu'elle se trompe sur les gens et son époux avait appris à lui faire confiance sur ce sujet.

Une fois le repas terminé, le couple se rendit directement à l'hôtel. La médium arriva en même temps qu'eux et Ava fît les présentations officielles entre son mari et celle-ci. Ils se serrèrent la main et le trio rentra se réchauffer près de la cheminée.

Adrien tira une chaise pour lui et pria son invité de s'asseoir sur un des fauteuils.

- Alors Ava, dit moi tout ... lui dit la réceptionniste.

- Comme tu sais maintenant, j'ai des visions ; lui répondit la jeune femme.

- Oui et qu'est-ce que tu attends de moi ?

- J'ai des visions mais pas de moi-même …essayait de lui faire comprendre la jeune femme.

- Excuse-moi, mais je ne comprends pas tout, tu peux m'expliquer ? lui dit Claire.

- Tout à l'heure quand je t'ai appelé, je voulais être sûre de ce que je vivais et maintenant, je le suis. Je n'ai pas de visions à proprement dit, je pense être connecté à Blind.

- Qui est Blind ? lui répondit Claire interloqué par cette révélation.

Ava lui montra Blind et repris :

- Adrien et moi avons eu un accident en arrivant ici et c'est à ce moment-là qu'on a trouvé ce petit chaton dans la forêt et c'est ce même soir que les visons ont commencé. Si tu veux le prendre, tu verras qu'il est aveugle. Mais bizarrement, je vois tout ce qu'il voie alors qu'il ne voie pas ! Je suis connecté à cette boule de poils et je ne sais pas pourquoi !

Claire se baissa et attrapa le chaton et au moment précis où elle le toucha, son corps eu un mouvement de sursaut et se raidit durant quelques secondes. Elle le prit sur ses genoux et ferma les yeux puis les réouvrit peu de temps après. Son regard fût vide mais presque aussitôt changea et reprit son état normal, elle avait l'air choqué mais tout en n'étant pas surprise. Le couple regardait toute la scène sans dire un mot, la bouche bée et le regard interrogatif. La voyante prit enfin la parole :

- Alors voilà, il y a plusieurs points et je ne pourrais pas répondre à toutes tes interrogations mais je vais t'expliquer.

Claire fit une pause, prit le temps de choisir ses mots et reprit :

- Dans ce monde, il existe beaucoup de choses que l'on sait ou que l'on croit ou même que l'on voie …. Beaucoup de personnes ne verront ou ne ressentirons jamais ce que tu as vécu et la plupart des gens n'y crois pas d'ailleurs. Mais toi tu sais, d'ores et déjà, que tu peux avoir des visions et ça c'est acquis. D'autres personnes, avec de la patience et de l'entrainement, peuvent parler avec les animaux et on appelle cela : « la communication intuitive ».

Ces gens sont tout à fait normaux mais s'intéresse un peu plus que la normale à l'ésotérisme et du coup arrive à se « connecter » avec l'espèce animale. Ce que j'essaie de te dire c 'est que je connais les visions, les flashs et je connais la communication intuitive entre être vivants que l'on peut aussi appeler télépathie. Dans ton cas, je pense que tu as le don de vision et de télépathie même si tu penses que c'est juste par rapport à Blind pour l'instant. Il est sûr qu'il se développera un jour sans avoir besoin de lui. Et si les humains peuvent se connecter énergiquement, les animaux le peuvent aussi. Blind te montrera ce que tu dois voir le temps venu et c'est pour ça que le destin l'a mis sur ta route. La seule question à laquelle je ne peux pas répondre, c'est comment votre chat t'envoie les visions alors qu'il ne voie pas ...

Claire s'arrêta quelques secondes et vît le couple très attentifs et interrogatifs alors elle reprit :

- Avez-vous d'autres questions ? Vous ais je bien expliqué ou voulez-vous que je reprenne certains points ?

- Non, Claire, j'ai absolument tout compris et je te remercie vraiment pour toute l'aide que tu m'apporte et surtout du soutien. Tout ceci est tellement nouveau que cela m'effraie un peu, je te l'avoue ... lui dit Ava.

- Il ne faut pas pourtant, mais je peux le comprendre. Au début, on est surpris et des tas de questions se posent dans notre tête mais il ne faut surtout pas avoir peur ! Au contraire ! C'est un don extraordinaire ! lui répondit la voyante en se rappelant ses débuts.

- Claire, tell me* ...euh désolé, mon anglais me poursuit souvent lorsque je suis surpris. Pourquoi ça lui arrive maintenant ? Pourquoi à trente-huit ans ? interrogea Adrien.

Claire se tourna vers le jeune homme, surprise que ce soit lui qui pose cette question, elle lui répondit :

- En fait, il n'y a pas d'âge ...C'est un moment de la vie, une situation qui peut « déclencher » ce don. Par exemple, pour moi, ma mère, ma grand-mère ainsi que mon arrière-grand-mère, nous avons toute le don ; donc depuis l'enfance, je suis baigné là-dedans et mes premières visions ont commencé très tôt. Je n'avais même pas huit ans. Mais j'ai des personnes qui sont venus me voir en consultation et ne savent pas qu'elles ont ce don, parce que c'est n'est pas un bon moment de leurs vies ou parce qu'elles ne sont pas assez ouvertes. Il n'y a rien d'écrit et tout peut se passer.

- Je vous remercie pour cette explication, lui dit Adrien.

- Mais avec plaisir, je comprends que tout ceci doit être effrayant mais comme je vous l'ai déjà dit, il ne faut pas en avoir peur. Je vous assure que c'est une chose magnifique. Et je vous en prie, vous pouvez me tutoyer, lui dit elle.

* Dis moi

- Oui pas de soucis, on se tutoie. Merci encore d'être si patiente avec nous et de répondre à toutes nos questions.

- Oui encore merci, lui dit Ava rassuré.

- On peut t'offrir un café ? lui demanda le jeune homme.

- C'est gentil mais je vais rentrer pour diner puis je vais me coucher tôt pour une fois. Je suis ravie d'avoir pu vous éclairer sur vos doutes. Je vous souhaite une agréable soirée à tous les deux, leur dit-elle en se levant.

Claire prit congés de ses hôtes. Ava et Adrien, une fois la porte fermée, se regardèrent tout deux et le jeune homme parla le premier :

- Tout va bien, ça va le faire mon amour. Tous les deux ensembles.

- Oui même pas peur ! lui dit 'elle en rigolant.

Ensemble ils regardèrent le chaton et leur chienne puis Adrien se tourna vers sa femme et l'embrassa. Ils restèrent ainsi un long moment puis Adrien lui dit :

- Il est temps de reprendre la route mon amour …pour notre nouvelle vie.

- Déjà ? Tu veux partir ? lui demanda t'elle

- Darling, c'était juste une étape …

- Je le sais que ça ne devait être qu'une étape mais j'avoue que je me suis attaché à cet endroit, à cette chambre et à cette ville.

- Je sais bébé, c 'est ici que ton don est apparu, c'est ici même que tu es resté seule pendant mon voyage à Londres donc c'est normal mais ce n'est pas notre but, ce n'est qu'une étape qui ne devait duré qu'une seule nuit ...

- Oui, tu as tout à fait raison. Il est grand temps de reprendre la route de notre destinée ! Je prépare les valises !

- Eh tranquille ! On a le temps, on part que demain matin, lui dit-il en rigolant.

- Ok, ok mais je réunis le plus gros et on fera le reste plus tard, car je me suis bien étalée depuis que je suis ici.

Adrien regarda la chambre et effectivement on voyait qu'elle s'y était installé. Les gamelles avaient leur place, la chienne son endroit, le chat avait sa serviette prés de Ruby et sa litière improvisé dans un recoin de la pièce. Sur le bureau Ava avait posé son ordinateur, un cahier et un stylo, les valises étaient défaites et il y avait même des courses sur une étagère.

- Ah oui, tu as cru que c'était déjà chez toi ! lui dit-il en se moquant.

- Oui, j'ai fait comme à la maison, lui répondit elle en rigolant.

Le couple décida de se coucher tôt.

VII

La proposition...

Le jour venait seulement de se lever quand Adrien ouvrit les yeux, il regarda sa montre et réveilla doucement Ava :

- My darling, il est huit heures, réveille-toi doucement, lui murmura t'il en l'embrassant sur le front.

Puis il se leva doucement et la vît se retourner dans l'autre sens en râlant, il sourit et alla se préparer. Pendant ce temps, Ava restait dans le lit pour grignoter des minutes de sommeil mais Ruby en avait décidé autrement ! La chienne venait la sentir, la bouger avec sa gueule, elle essayait par tous les moyens de lui dire de se lever pour la promenade.

- Ruby, stop ! Ce n'est pas moi qui te sors aujourd'hui, dit'elle en bougonnant.

- Bonjour, je m'en occupe bébé, réveille-toi doucement, lui dit Adrien en prenant Ruby avec lui.

Il alla voir le chaton, il dormait en boule et n'avait pas bougeait malgré le raffut de la chienne. Rassuré, il sortit.

La jeune femme se leva enfin et se prépara, aujourd'hui était un nouveau jour et ils allaient pouvoir reprendre la route pour leur nouvelle vie. Cette chambre, cet hôtel et cette ville allait lui manquer mais elle était ravie de reprendre le chemin pour la Suède. Elle pensa à Claire et espérait qu'elle serait à l'accueil lors de leur départ pour pouvoir lui dire aurevoir, car elle aussi allait lui manquer. Les deux femmes avaient fait connaissance depuis quelques jours seulement mais forcément des liens s'étaient créés vu les circonstances inhabituelles. Elle rangeait machinalement les valises et préparait les sacs des animaux mais ses pensées étaient ailleurs. Elle sursauta quand elle entendit toquer à la porte, elle alla ouvrir.

- Désolé, j'ai oublié mes clés, lui dit son mari en l'embrassant.

- Pas grave, hum hum ...tu as acheté des croissants et des chocolatines ! lui répondit 'elle souriante.

- Tu as faim, je suppose ? lui dit son mari qui la connaissait parfaitement.

- Je suis affamé ! lança la jeune femme.

Ils préparèrent le petit déjeuner puis se mirent à table.

- Sur la route, il faudra s'arrêter dans un magasin pour acheter le nécessaire pour Blind, lui dit Adrien.

- Oui, je sais, je ne m'en suis pas occupé avec tout ça mais on va le faire aujourd'hui. J'espère que tout va bien se passer ....

- Ne t'inquiète pas, ça va bien se passer, lui assura Adrien.

Le jeune homme regardait sa femme pendant qu'elle petit déjeuner, elle était si belle et malgré toutes ces années, il était plus amoureux que jamais. Ni la routine, ni les disputes, ni les soucis ne les avaient séparés. Et pourtant ils avaient traversé un bon nombre d'épreuves tous les deux mais ça les avaient soudés et non le contraire. Il cessa de manger et prit les mains de son épouse, qui le regardait d'un air interrogateur. Il prît une grande inspiration et lui dit :

- Je voudrais un enfant !

Ava, choquée ne parlait plus et regardait son mari pendant qu'il reprenait :

- Un bébé, un parfait mélange de toi et moi, et je voudrais qu'il te ressemble parce que je te trouve tellement belle mon amour. J'aimerais agrandir la famille que l'on a déjà créé et que, de notre amour naisse un petit être ...

Adrien ne cessait de regardait sa femme, attendant de savoir ce qu'elle en pensait. Et les doutes l'assaillirent …Etaient -elle réellement prête ?

Elle se jeta sur lui et s'agrippa, tel un singe sur sa mère, le dévora de bisous et lui murmura :

- Bien sûr que je veux bébé ! Je crois que mon horloge biologique me signale que je suis prête depuis un bon moment, lui dit -elle en souriant.

Heureux, Adrien la serra encore plus fort dans ses bras. Ils s'embrassèrent à en perdre haleine, leurs corps aussi tendus l'un que l'autre et s'attirant comme des aimants. Ils ne se lâchaient plus, leurs désirs mutuels étant trop grand et leur amour débordant. Leurs caresses étaient de plus en plus précises et la tension palpable. Ils ne finirent pas leur repas ....

Quelques temps plus tard, ils finirent de ranger toutes leurs affaires et de faire leur adieu à cette belle chambre. Le couple passa par l'accueil pour dire au revoir à Claire. Elle était derrière son ordinateur, pensive, et ne les avaient pas de suite remarquée mais quand elle leva la tête, son sourire s'élargit.

- Coucou Claire, on vient te dire au revoir, il est temps pour nous de reprendre la route ... lui dit Ava.

- Je m'étais habitué à ta présence, tu vas me manquer Ava ; lui répondit la réceptionniste tristement.

- Tu vas me manquer aussi, je crois qu'un lien s'est créé ... lui murmura la jeune femme en lui faisant un clin d'œil.

- Et oui, beaucoup de choses, de découverte ensemble, je suis si contente d'avoir fait votre connaissance à tous les deux ! J'espère que tout ira bien et je garde ton numéro.

- Oui bien sûr, j'ai déjà enregistré le tien aussi. Au revoir Claire, lui dit Ava en partant.

- Au revoir les amoureux, et Félicitation ! leur lança la voyante en souriant.

Le couple se retourna sur ces derniers mots, surpris puis se rappelèrent que ce n'était pas qu'une simple réceptionniste. Ils sourirent puis partirent.

Une fois toute la petite famille installé, Adrien démarra la voiture. C'était parti pour quelques heures de route.

- My darling, Je t'écoute m'énoncer le programme !

- Ok, alors aujourd'hui nous allons en Allemagne ! dit-elle toute joyeuse.

- Mais encore ... raconte moi.

- Nous allons jusqu'à Puttgarden, une petite île allemande d'où on prendra le ferry demain si tout se passe bien. On a donc un peu plus de sept heures de route pour cette journée. Fingers in the noze * ! lui dit-elle en rigolant de ses propres bêtises.

Son mari qui la regardait du coin de l'œil se mit à rire, elle était tellement expressive et joviale qu'on ne s'ennuyait pas une seconde. Lui était beaucoup plus réservé mais depuis qu'ils étaient ensemble, il avait appris à s'ouvrir un peu plus, à s'exprimer par les gestes et à rire de tout et n'importe quoi

* « Les doigts dans le nez »

quoi. Leur duo fonctionnait parfaitement et ils se suffisaient à eux deux.

Et maintenant, il faudrait apprendre à le faire à trois si Dieu le voulait bien. Il était stressé mais tellement excité. Un petit bébé, un mélange de sa femme et lui, le fruit de leur amour.

Beaucoup de questions se bousculaient dans sa tête depuis cette demande à Ava mais surtout de l'impatience.

VIII

L'histoire de ce bijou

La météo était clémente et de belles journées venaient, de temps en temps, repoussaient l'hiver. Les rayons de soleil qui rentraient dans la voiture, les chauffaient assez pour ne pas allumer le radiateur. Cela faisait un bien fou et mettait le couple de bonne humeur. La musique des années quatre-vingt les faisait chanter à tue-tête et Adrien, qui les connaissait sur le bout des doigts, n'était pas en reste. Les kilomètres défilaient rapidement, à leur plus grand plaisir. Le couple aimait voyager, ils aimaient, découvrir de nouvelles villes, de nouvelles régions mais aussi de nouveaux pays.

Ava profitait encore plus et s'émerveillait de toutes choses car elle n'avait jamais eu l'occasion de voyager étant petite. Tout comme Alice, elle avait grandi sans famille, sans visages maternels ou paternels à ses côtés et c'était certainement pour cela que les deux femmes s'étaient encore plus rapprochées. En effet, sa belle-mère et elle avaient un lien assez fort qui les unissait et la disparition d'Alice l'affectait encore ....

Ava avait était placée dés bébé dans un orphelinat de

Toulouse, elle avait seulement quelques semaines et n'avait pu profiter de ses parents que peu de temps. A l'époque, Orry qui était une des "nounous" qui s'occupait d'elle, lui avait dit que ses parents étaient morts sauvagement agressé. Elle n'en avait jamais su plus mais avait tout de même tenté de faire des recherches une fois adulte. Malheureusement l'affaire était classée sans suite, les agresseurs n'avaient jamais été retrouvés et il n'y avait jamais eu de mobiles pour ce double meurtre. Alors Ava n'avait gardé de ses parents que son nom de famille et une chaîne en or.

Un pendentif rond où à l'intérieur se trouvait un pentagramme cerné de deux lunes. Tout ce temps où elle avait porté le bijou comme un simple héritage mais maintenant qu'elle repensait à tout ça, elle compris que ce n'était peut-être pas le cas.

Elle le prit dans ses mains et l'examina comme si elle le voyait pour la première fois.

Son pendentif était rond mais plat telle une alliance, il était orné de jolies fioritures. Au milieu de ces ornements, un pentagramme entouré d'un cercle et sur chaque côté de celui-ci, on pouvait voir deux lunes.

Elle découvrit des inscriptions sur la tranche du bijou. Elle força sur ses yeux mais rien n'y fit, la lecture était impossible à l'œil nu après toutes ces années.

- Mon cœur, peut tu t'arrêter s'il te plait ? lui demanda t'elle.

- Oui bien sûr, qu'est-ce qu'il y a ? lui demanda t'il en voyant sa mine déconfite.

- Depuis tout à l'heure, je pense à mon enfance et je me suis souvenue de ce que m'avait dit Orry et des recherches que j'avais faites sur la mort de mes parents, ce qui m'a fait remonter à mon collier ! Jusqu'à présent, je n'avais jamais fait cas et pourtant je savais ce qu'était un pentagramme mais est-ce ça pourrait être une simple coïncidence que ma mère porte ce genre d'amulette et que je découvre que j'ai des dons plusieurs années après ? Non je ne crois pas ! Figure-toi que je viens de découvrir que sur mon pendentif, il y a des inscriptions mais je n'arrive pas à les déchiffrer et je voudrais que tu essais de les lire.

- Arrête toi là bébé, ça ira très bien ! lui dit la jeune femme en lui montrant un petit renfoncement.

Adrien s'exécuta et éteignit la voiture, il prît le bijoux et regarda dans tous les sens, effectivement il y avait quelque chose de graver comme à l'intérieur d'une alliance, sauf que là c'était sur l'extérieur. Il pouvait y voir trois mots différents.

-   Je n'arrive pas non plus à les lire, on va s'arrêter plus loin car on est presque à Ruremonde et on va essayer d'acheter une loupe ou aller chez un bijoutier au pire.

- Oui merci, c'est important pour moi.

- Je sais ....

85

Après plusieurs kilomètres, ils arrêtèrent la voiture sur un parking près d'un supermarché, Ava en descendit et alla seule au magasin. Quelques minutes plus tard, elle en ressortit les bras chargés de poches et toute fière de ses trouvailles.

Adrien qui la regardait arrivait souriait en coin mais prit une moue désespérée quand sa femme entra dans la voiture :

- Tu as vidé le magasin Darling ? lui dit' il en ricanant.

- Bon je me suis un peu éparpillé .... Des bonbons, des boissons, des salades pour le déjeuner, tout le nécessaire pour Blind mais surtout ....une loupe !!! lui dit'elle toute fière.

Ava ouvrit la loupe à la hâte, prit son pendentif et lut à haute voix :

- Ange, Aria et Ava.

- Les prénoms de tes parents mais tu les connaissait, lui dit son mari

- Ce n'est pas tout bébé, il y a une autre gravure : Unitum Vi

- Laisse-moi voir quelle langue ça peut être .... lui dit Adrien en prenant son portable pour effectuer les recherches.

- Regarde en grec, lui conseilla sa femme.

- Non ce n'est pas ça.

- En occitan ?

- Non plus ....

- Hébreu ?!

- Non toujours pas, attend, laisse-moi réfléchir ...

Et d'un coup leur regard se croisa, comme si une ampoule venait de s'allumer au-dessus de leurs têtes, et dirent en même temps :

- Du latin !!!

Adrien vérifia et affirma à son épouse que l'inscription était bien en latin.

- ça veut dire quoi ? dit' elle impatiente.

- " Force réunie " lui répondit'il.

- Peut être parlait'il de famille réunie et la traduction n'est pas terrible ?

- Alors non pas du tout, c'est bien force Darling ... Famille réunie c'est :

  " Reunied familia "

- Ça devient de plus en plus compliqué et je ne comprends pas tout. Et cette histoire de A, je commence à me demander si c'était vraiment un choix purement affectif que de me donner un prénom en A ou s'il y a autre chose ...

- Tu veux qu'il y ai quoi ?

- Je ne sais pas, j'essaie juste de comprendre car en peu de temps beaucoup de choses ont changé dans notre vie, à commencer par ce don...

- En parlant de ça, cela fait un moment que tu n'as pas eu de visions.

- Oui et j'y ai réfléchis, je pense qu'elles sont déclenchées quand Blind a peur ou qu'il est surpris, du moins c'est le lien que j'ai fait entre toutes.

- Ce n'est pas faux ... dit Adrien pensif.

- On repart ? demanda Ava en se tournant vers son époux.

- On y va, oui. On s'arrêtera un peu plus loin pour manger et faire descendre les animaux.

Ils reprirent leur chemin silencieusement tous deux plongés dans leurs pensées. Finalement, ce fût le gargouillis du ventre de la jeune femme qui les fît s'arrêter après plus d'une heure de route. Il était quatorze heures quand ils se posèrent enfin pour le déjeuner. Ils avaient trouvé un endroit calme où ils étaient seuls et où ils pouvaient même laisser Ruby et Blind courir partout le temps de leur repas. Le couple avait garé la voiture sur un parking excentré de la route et à proximité d'une grande forêt, le temps était chaud, le soleil brillait et ils purent profiter de cet agréable moment familial. Ils discutèrent ensemble du trajet qui leur restait quand le téléphone d'Adrien sonna :

- Salut mon fils ! lança Jim.

- Papa ! Ça fait plaisir de t'entendre ! Comment tu vas ? lui demanda son fils.

- Je vais très bien et vous ? Comment va ma belle fille chérie ?

- Ici tout va bien, nous sommes déjà en Allemagne et tout se passe bien. Normalement, nous devrions prendre le ferry qui va de Puttgarden à Rodby demain matin. Mais toi, qu'a dit le cardiologue ? s'inquiéta Adrien.

- Tout va bien, je le vois dans six mois. Vous me manquez déjà les jeunes !

- Tu nous manque aussi, lui cria Ava qui avait mis le téléphone de son mari sur haut-parleur.

- De toute façon, je viens dès que vous êtes installé, comme prévu. Soyez prudent sur la route, bisous et une caresse à Ruby pour moi !

- Oui, on sera super content de te voir, bisous Papa.

Quand Adrien raccrocha, il se sentit rassuré mais aussi soutenu. Il n'avait toujours pas dit à son père pour sa femme mais il en était mieux ainsi, même si il allait bien, il ne voulait pas l'inquiéter.

Ils finirent le repas et reprirent la route assez rapidement. Pas mal de kilomètres les attendaient encore et avec tout ce qu'ils leur étaient arrivé, il leur tardaient d'être enfin en Suède et de commencer une nouvelle vie à deux puis à trois. Le couple mis de côté le sujet du pendentif pour discuter de ce qu'il ferait une fois là-bas, il parlait de leur projet, de leur maison, de leur jardin, de leur vie en général.

Jim avait fait des recherches suite à leur décision de partir vivre à Alta et avait découvert pas mal de choses ces derniers mois. Sa femme, Alice, ne se rappelait pas pourquoi elle avait l'image de cette maison en Suède.

Ayant était, elle aussi, orpheline dés son enfance, ses souvenirs avaient disparu. Ils étaient comme enfermés en elle, réprimés comme un mécanisme de défense inconscient.

Mais après de multiples investigations, Jim avait pu découvrir que la maison, dont son épouse lui avait parlé, existait bien. Elle fût construite par ses arrières grands parents et fût transmise à chaque générations.

Rose et Eli, les parents d'Alice, n'y habitaient que depuis quelque temps, d'où les souvenirs qu'elle avait de cette maison. Il s'y étaient installé définitivement quelque mois seulement avant leurs morts, car à la base, c'était leur maison secondaire. Le reste du temps, ils vivaient en France.

Ils ne s'étaient pas rendus compte des kilomètres parcouru et de la nuit qui commençait à tomber.

Depuis leur repas du midi, ils n'avaient pas fait de pause et n'avaient cessé de discuter.

- Puttgarden, trente kilomètres mon cœur, lui dit Ava en voyant le panneau.

- Yes ! C 'est passé trop vite mais, en même temps, je suis un peu fatigué de conduire.

- Arrête toi, je vais conduire, ça va pour moi, lui dit sa femme.

Adrien s'arrêta sur le bas-côté et ils changèrent de conducteur. Ava fît le reste de la route qui les menaient à la dernière ville avant de prendre le bateau, ils avaient hâte même si ils savaient qu'ils leur restaient pas mal de kilomètres une fois descendue du ferry. Ava et Adrien continuait leur discussion quand le téléphone de la jeune femme sonna à son tour. Son mari décrocha :

- Allo ? répondit-il

- Coucou, c'est Claire. Je venais aux nouvelles ...

Claire et Adrien discutèrent quelques minutes ensemble puis il raccrocha.

- C'était Claire, elle appelait pour prendre des nouvelles, lui dit le jeune homme

- Oui j'avais compris, comment elle va ?

- Bien, rien de spécial. C'est gentil à elle en tout cas.

Je lui ai dit qu'on l'appellerait une fois arrivée chez nous.

- Oui j'ai entendu. On est presque arrivé, trop hâte !

Ils se retrouvèrent enfin sur le parking du ferry et bien que ce soit déjà le début de soirée, ils purent acheter des billets pour le lendemain matin. Leur rêve était à portée de doigts et ils tenaient dans leurs mains le bout de papier qui les aiderait à le réaliser. Ils prirent une photo d'eux deux avec les tickets et l'envoyèrent à Jim. Après plus de sept heures de route et peu d'arrêt, ils décidèrent d'aller directement à l'hôtel se reposer. La jeune femme arrêta la voiture sur un grand parking où tout autour était disposait les chambres. Elle alla récupérer les clés, pendant que son mari faisait sortir les animaux.

Ava arriva à l'accueil, le réceptionniste était tellement jeune qu'elle se demandait si il était majeur. Elle l'interpella :

- Bonjour, je suis Mme Smith et j'ai réservé une chambre.

- Bonjour Madame, oui je vous regarde ça de suite.

Il lui sourit et baissa de nouveau la tête sur son clavier, puis après avoir vérifier le numéro lui donna son badge.

- Vous n'hésitez pas à appeler la réception si il y a quoi que ce soit, c'est moi qui fait la nuit. Je reste à votre disposition, lui dit le jeune homme.

- Merci beaucoup, répondit Ava.

Elle était encore surprise par le jeune âge de ce garçon mais ravie de son accueil agréable, puis sortit rejoindre son mari.

Ruby qui la vît arrivait de loin se jeta sur elle comme si elle ne l'avait pas vu depuis trois jours, non loin d'elle Blind était lui aussi sorti mais ses pas étaient hésitants à cause de son handicap. La jeune femme le regarda évoluait à l'extérieur, la chienne retournait régulièrement le voir comme si elle lui laissait son odeur pour qu'il puisse avancer. Plus loin, elle vît Adrien appuyé contre la voiture qui les regardait avec ce magnifique sourire qui le caractérisait. Elle lui sourit en retour et s'avança vers lui quand d'un coup, une violente douleur à la tête la saisie, elle stoppa net, se tint la tête dans les mains car la douleur était trop intense.

Tout fût noir puis elle vît deux hommes sur ce même parking. Ils étaient en train de se battre et elle vit le nombre vingt-deux puis plus rien. Quand elle ouvrit les yeux, son mari était déjà près d'elle et la tenait ;

-Qu'est ce qui se passe ? Une vision ? Tu vas bien ? questionna Adrien sans lui laissait le temps de répondre.

Il la souleva et la prit dans ses bras, elle avait l'air épuisé. C'était la première fois qu'il la voyait comme ça, il était inquiet et lui prit les clés des mains pour la porter à la chambre. Il ouvrit la porte et la posa directement sur le lit.

- Je reviens tout de suite, ne bouge pas, je vais récupérer Blind ; lui dit' il en lui déposant un bisou sur le front.

Il courut chercher le chaton qui était resté seul au milieu du parking puis retourna auprès de sa femme tout essoufflé.

- Tout va bien mon cœur, ne t'inquiète pas ; le rassura t'elle.

- Bien sûr que je m'inquiète ! C'était une vision ? lui demanda t 'il.

Elle acquiesça et lui raconta son flash dans les moindres détails. Elle lui fit part de la douleur qui avait était bien plus forte que d'habitude.

- Ma chérie, tu étais en train de tomber quand je suis arrivé donc effectivement, j'ai compris que c'était bien plus fort !

Il lui tendit les clés de la chambre en lui demandant de lire, elle les saisit et vit le numéro : vingt-deux.

- Déjà, Blind était là et il voyait pareil que nous et de deux, j'avais les clés dans les mains donc j'ai certainement vu le numéro sans m'en rendre compte, lui dit 'elle.

- Ok je suis d'accord avec toi mais n'oublie pas ce que Claire a dit au sujet de tes visions ...

- De leur faire confiance, de les écouter .... Donc ça y est ? mon don se développe d'après toi ? et j'ai des visions sans Blind ...

Adrien lui tendit un verre d'eau, attendit un peu qu'elle aille mieux et alla récupérer les valises dans la voiture.

- Attend, je vais venir avec toi, lui dit la jeune femme.

- Certainement pas, on n'a pas besoin d'être deux. Repose-toi un peu !

La jeune femme râla un peu puis s'allongea car elle sentait que ça l'avait bien secoué.

Il était presque vingt-deux heures quand ils décidèrent de sortir pour s'acheter à manger. Le couple ferma la porte de la chambre, quand ils entendirent une violente dispute, ils cherchèrent autour d'eux et virent deux hommes en train de se battre. Ils se regardèrent aussi surpris l'un que l'autre mais le cri d'un enfant, qui avait peur, les sortit de leurs pensées.

- Papa arrête, j'ai peur !!!!! criait un enfant près des deux hommes.

Adrien alla s'interposait aussitôt, l'un deux était très alcoolisé et ne tenait presque pas debout, il hurlait contre le père de l'enfant. Ava, quant à elle, essayait de rassurer le petit. Il avait une dizaine d'année, des cheveux blonds presque blanc et un petit visage angélique. Il serrait fort la jeune femme qui l'avait pris contre elle ;

- J'ai peur, j'ai peur !!!! criait-il.

- ça va allait, ils vont se calmait, ne t'inquiète pas, essaya de le rassurer Ava.

- Mais tonton est devenu méchant !!! lui dit l'enfant.

Ava les regardait, son mari les avait séparer et était en train de leur parler, elle retint l'enfant encore un peu pour être sûre que tout aille bien puis son mari lui fît signe que tout était ok. Elle desserra son étreinte et le petit couru vers son père. L'enfant avait eu si peur qu'il ne lâchait plus la taille de son papa, il regarda Ava et lui fît un signe de la main pour lui dire au revoir, puis ils repartirent tous les trois.

- Que s'est '-il passé ? Tu les laisse partir ensemble ? demanda la jeune femme inquiète.

- Oui, ce sont deux frères, il y en avait un des deux qui était complètement saoul et il a essayé de prendre la voiture. Son ainé n'a pas voulu qu'il prenne le volant dans cet état et malheureusement, ils en sont venus aux mains .... Je leur ai parlé et ils se sont calmés, ça devrait aller. Tu as vu l'heure, je suppose ?

- Oui j'ai vu l'heure ...tu as raison, je ne dois pas douter de ce que je vois.

Adrien prit la main de sa femme, il était temps d'allé chercher à manger sinon ils ne trouveraient plus rien vu l'heure tardive. Ils marchèrent quelques minutes, main dans la main, sans parler, jusqu'à ce qu'ils tombent sur un fast food qui était loin de fermer. Ils décidèrent finalement de manger sur place.

Ils leur arrivait beaucoup de choses en ce moment et ce n'était pas comme ça qu'ils avaient imaginé leur voyage ... Ils auraient déjà dû être arrivé et presque installé alors qu'ils n'étaient encore qu'en Allemagne. Le couple se fatiguait un peu de tous ces changements qui venait bouleverser leur projet mais se soutenait l'un et l'autre. Quand Adrien avait un coup de mou, Ava le motivait et le soutenait, inversement quand c'était la jeune femme qui était en « down »* . Leur couple avait toujours fonctionné ainsi et ce n'était pas quelques retards ou soucis qui allaient gâchés leur joie. Ils se remotivèrent mutuellement ce soir-là, burent un peu plus que de raison et rigolèrent comme des enfants jusqu'à ce que le gérant leur fassent comprendre qu'il attendait leur départ pour fermer. Adrien regarda l'heure et effectivement, le propriétaire avait été patient car il était plus de minuit. Le jeune homme s'excusa et ils repartirent tout deux mains dans la main comme ils étaient venus.

L'air encore un peu frais du soir et le fait de marcher fît un bien fou à Ava, qui avait déjà la tête qui tourné. Elle était heureuse et avait un sentiment de plénitude à ce moment-là, elle avait tellement ri qu'elle en souriait encore.

C'est à cet instant qu'Adrien tourna les yeux vers son épouse, il aimait tellement la voir sourire, cette femme était tout pour lui et faisait son bonheur. Il s'arrêta, la regarda dans les yeux et l'embrassa tendrement. Il aimait le goût de ses lèvres sur les siennes, il aimait sentir le corps de sa femme contre le sien, il aimait se serrer contre elle, il aimait tout ce désir et cette sensualité qui se dégagé d'elle.

*bas

97

Quant à Ava, même après dix ans, les caresses et les baisers de son époux lui faisait encore beaucoup d'effets ...

Il était temps, pour eux, de rentrer. Le couple reprit le chemin de l'hôtel.

IX
Une arrivée déconcertante

Le lendemain matin, Ava se réveilla la première, il était un peu plus de sept heures et leur bateau partait dans moins de deux heures. Elle réveilla son mari puis ils firent leurs bagages.

- Alors autant les voyages ne me dérangent pas, en revanche défaire et refaire mes valises tous les jours, ne va vraiment pas me manquer !!! lança la jeune femme.

- Je confirme ! c'est usant à la longue ... répondit son mari.

Ruby et Blind, toujours aussi tranquille, les regardait paisiblement blottis l'un contre l'autre. Depuis l'arrivée du chaton dans leurs vies, les deux animaux étaient devenus inséparables, Blind sortait tous les matins avec Ruby et Adrien comme si il était un chien et le reste de la journée, ils la passait ensemble. Certainement que la petite boule de poils avait comme repère l'odeur de sa copine Saint Bernard, car c'était la première à l'avoir approché.

Il était temps pour tout le monde de reprendre la route et surtout le bateau qui les rapprocherait un peu plus de leur but final. Ava se mit au volant pour faire les quelques kilomètres qui les séparaient du ferry, ils avaient tous deux hâtes de monter à bord.

- Je ne sais pas pourquoi, je suis si pressée de prendre le bateau car derrière, il nous reste encore neuf heures de route ... dit Ava.

- Je pense que c'est symbolique, on va traverser la mer et se retrouvé sur une autre terre, peut être que c'est ça qui nous fait cet effet d'arriver au bout. On y est presque Darling.

Adrien regardait tout autour de lui pendant que sa femme conduisait ;

- Regarde ! On voie déjà les bateaux, lui dit-il en les pointant du doigt.

Ils arrivèrent au quai mentionné sur les billets et les présentèrent à l'homme en charge de les vérifier. L'employé, qui devait avoir la cinquantaine, avait le regard autoritaire, le visage fermé et ne semblait pas aimable du tout.

- Avez-vous les papiers pour le chien ? Et ouvrez la malle, je vous prie ! leur dit' il d'un ton sévère.

Ava regarda son mari puis se tourna vers les animaux, et sourie. Elle tendit les papiers de Ruby pendant qu'Adrien ouvrit la malle. L'homme les regarda rapidement puis alla vérifier le reste de la voiture :

- Vous pouvez avancer ! ordonna t'il.

La jeune femme ne se fit pas prier et démarra la voiture, elle avança un peu et se tourna vers son mari :

- Comment on a pu oublier ? Oulala ! lui dit Adrien avant

100

qu'Ava n'est ouvert la bouche.

- Oui j'avoue on l'a échappée belle dit donc, il n'avait pas l'air commode ! Je me suis retourné et j'ai vu Blind quasi caché derrière les poils de Ruby, c'est pour ça qu'il ne l 'a pas vu ! Il faut absolument aller à un vétérinaire dès que l'on débarque, sinon on va avoir des soucis si on se fait contrôler sans papiers.

Elle continua d'avancer, les employés la guidant tout le long pour lui indiquer où monter et où se mettre dans le bateau. Une fois garée, le couple descendit de voiture, prit Ruby et cachèrent le minuscule Blind dans un panier. La famille avança en direction des escaliers pour monter au pont quand Ava commença à se sentir mal, les mains sur la tête, douleurs vive, une vision lui arrivait... Elle s'arrêta, figée, puis elle vît beaucoup de gens, des personnes qu'elle ne connaissait pas, puis le visage de son beau-père et rien d'autres. Le temps qu'elle reprenne ses esprits, elle articula à son mari :

- Ton père ...

- Quoi ? Que se passe-t-il avec mon père ? Il va bien ? demanda t'il inquiet.

- Je crois, je ne sais pas, je ne sais plus ... dit 'elle en bafouillant.

Ils étaient plus inquiets que jamais, était ' il arrivait quelque chose à Jim ? Adrien prit son téléphone et composa le numéro de son père, la sonnerie retentit plusieurs fois, jusqu'à ce que le répondeur prenne le relais.

- Shit ! * Désolé chérie ... je tombe sur le répondeur, je réessaierais un peu plus tard. Tu n'as rien vu d'autres ?

- Non, je suis désolé ... Mais je n'ai pas de mauvais pressentiments si ça peut te rassurer.

Son mari marmonna quelque chose puis entraîna sa femme pour aller vers les escaliers car il commençait à y avoir pas mal de monde. C'est à ce moment là que Ruby commença à aboyer puis à tirer sur la laisse ;

- Ruby, Stop Now ! ** gronda Adrien.

Mais la chienne tira sur la laisse dans le sens opposé, et elle manqua de faire tomber son maître qui se rattrapa de justesse à sa femme. Il regarda autour de lui ce qui pouvait faire réagir sa chienne quand soudain il comprit et la lâcha. Ava, interloquée par ce geste le regarda et s'écria :

- Mais bébé, pourquoi tu la lâche ? Les chiens doivent être tenus en laisse !

Il regarda sa femme en souriant, puis lui montra du doigt ce qu'il avait vu.

*merde ** maintenant

102

Ava n'en croyait pas ses yeux, a même pas cinq mètres d'eux, elle vît Jim !

Son beau-père avançait dans leur direction, tout sourire aux lèvres et suivie de près par sa fidèle compagne toute queue frétillante.

Ava se jeta dans ses bras, trop heureuse de le voir. Adrien étreignit son père aussi comme s'il ne l'avait pas vu depuis plus d'un an.

- Jim, mais comment ça se fait que vous soyez là ?

- Je voulais être là pour vous, dans les premiers jours où je pense que ce sera le plus dur. Entre le changement de pays, les démarches et tout aménager, on ne sera pas trop de trois ! Et je vous avoue que Ruby me manquait, leur dit' il en leurs faisant un clin d'œil.

- Rien ne pouvait nous faire plus plaisir beau papa !

- Oui, c'est parfait ! Merci papa.

- Mon arrivée était prévue pour Bruxelles mais la vie en a décidait autrement ... J'ai dû changer mes plans et m'adapter, leur dit Jim.

- Mais tu avais tout prévu ??? demanda Adrien, surpris.

- Eh oui depuis le début ! Heureusement que ma belle-fille fait plein de planning et les répète sans arrêt car ça m'a bien aidé ! leur avoua t'il en rigolant.

Tous les trois rirent de bon cœur puis montèrent enfin au pont côté bâbord. Ils s'installèrent pour voir le port s'éloigné et avec lui la terre sur laquelle il ne mettrait pas les pieds avant un long moment. Adrien prit sa femme dans les bras, pour eux c'était un moment symbolique et ils touchaient de près leur rêve. Le couple ainsi enlacé, était plus heureux que jamais et de se sentir ainsi soutenue allait beaucoup les aider à construire leur nouveau départ.

- Nous avons failli oublier de te présenter Blind ! dit Adrien.

Il le sortit du panier de sa femme et le tendit à son père. Ava se tourna rapidement pour que son beau-père ne le voie pas et ce qui devait arrivait, arriva... Douleur à la tête et vision ! Elle s'y attendait, elle avait remarqué que lorsque Blind était surpris ou apeuré, ça le lui faisait et c'est pour cela qu'elle avait bien mis au fond du sac.

- Tout va bien Ava ? demanda Jim.

- Oui, tout va bien, juste un petit mal de tête d'un coup mais ça va passer, lui répondit 'elle.

Elle remarqua que la douleur avait était un peu moins intense et que ça l'avait figé moins de temps également. Y aurait' il du changement ?

Adrien remit Blind dans le panier et lui murmura à l'oreille :

- Désolé ma chérie, je n'avais pas réalisé…

- Tout va bien, ne t'inquiète pas.

Les quarante-cinq minutes du trajet passèrent rapidement et il était temps de redescendre au garage. Jim prit Ruby avec lui car les deux étaient inséparables quand ils étaient ensemble. La chienne ne le lâchait pas d'une semelle et avait une adoration pour cet homme. Ils décidèrent de se rejoindre à la sortie du parking pour pouvoir se suivre par la suite car la descente du bateau était organisé d'une certaine manière.

Une bonne demi-heure plus tard, le bateau était vide et le parking beaucoup plus fluide. Jim trouva vite la voiture du couple. Ils se firent un signe de la main et prirent la route. Ava et Adrien étaient heureux, ils étaient enfin à Rodby dans le Danemark ;

- Il nous reste huit cents kilomètres pour Stockholm, et environ une vingtaine de minutes supplémentaires pour Älta. Il est dix heures et demie donc ça nous ferait arriver tard dans la nuit et je ne veux pas fatiguer ton père, je propose alors que l'on passe la nuit à Stockholm et demain on va à Älta. Qu'est-ce que tu en pense ? demanda Ava.

- Oui, ce sera plus prudent pour lui et on arrivera de jour. Pour trouver la maison ce sera plus simple, lui répondit son mari.

Ils prirent la route, l'un derrière l'autre, et plus motivé que jamais. Il ne faisait pas très beau, le temps était assez gris et un peu frais mais ça n'entamait en rien leur bonne humeur. Dans la première voiture, c'était plus une ambiance joviale avec musique, karaoké, rires et dans la seconde, Jim profitait du trajet pour faire une réunion de travail téléphonique et s'avançait sur plusieurs dossiers. Ruby, quant à elle, et fidèle à ses habitudes, dormait en ronflant !

Au bout de presque deux heures, ils arrivèrent à Copenhague, alors Adrien décida de s'arrêter et gara la voiture près d'un petit restaurant.

- On mange ? leur demanda t'il.

- J'ai trop faim ! lui répondit sa femme.

- Et moi aussi ! Mais je vais sortir Ruby vite fait car elle n'en peux plus et elle bave partout ! leur dit Jim en sortant la chienne.

Ava sortit Blind également et en profita pour regarder le menu où tout était écrit en Danois. Elle sortit son téléphone et commença les traductions pour savoir ce qu'elle mangerait, Jim et Adrien qui la regardait faire éclatèrent de rire. Elle les regarda d'un air interrogateur ;

- Regarde à côté, en Français et en Anglais ! lui dit' il en lui montrant du doigt le second panneau.

Elle leva les yeux au ciel, rangea son portable et reprit sa lecture sur l'autre carte. Les deux hommes la rejoignirent et ils entrèrent ensemble. Une des serveuses s'approcha et Jim prit la parole le premier :

- Hello, we are three *   *Nous, sommes trois

106

- Well, please follow me, * leur dit elle.

La femme les installa dans un coin de la salle où ils étaient au calme et repartit de suite. Elle devait approcher la cinquantaine, un physique agréable et un joli sourire. Ses cheveux, d'un même grisonnant que Jim, étaient relevés avec une pince. Elle portait des lunettes et une tenue assez stricte. Ava qui la suivait du coin de l'œil, l'a vit regarder son beau-père à plusieurs reprises, tandis que celui -ci n'en avait même pas conscience.

Quand elle vint prendre la commande, elle n'eut plus de doutes, Jim avait tapait dans l'œil de la serveuse ! Elle avait un sourire niais et ses gestes étaient maladroits. Cette situation amusait beaucoup Ava mais personne ne se rendit compte de rien et surtout pas son beau-père malgré les efforts de la serveuse pour le faire parler.

Il était beaucoup trop tôt pour qu'il soit réceptif, il avait enterré sa femme depuis un an seulement et sa belle-fille, le connaissant très bien, savait qu'il n'était pas encore prêt. Le serait'il un jour d'ailleurs ? Elle garda ses pensées pour elle et n'en dit rien.

Les plats arrivèrent et tous les trois avaient pris la même chose, un plat traditionnel Danois qui s'appelait : Stegt Flaesk ; du porc croustillant à la sauce au persil et aux pommes de terre.

*Bien suivez moi s'il vous plait

Ils commencèrent à manger et on n'entendit plus une mouche voler, ils se régalèrent jusqu'à la dernière bouchée.

Une fois le repas fini, toute la petite famille monta dans les voitures pour reprendre leur voyage et au bout de quelques minutes de route, ils se trouvèrent face au fameux pont et se garèrent sur le côté. Tout le petit monde descendit de voiture pour l'admirer et le prendre en photo.

- C'est tellement beau ! dit Ava émerveillée.

- Oui, c'est énorme ! lança Adrien surpris par cet édifice.

- Ils ont mis quatre ans pour le construire, il a été mis en service le deux juillet deux mille, leur expliqua Jim.

Le couple se retourna vers lui, surpris de ses explications. Jim sourit et leur montra le panneau où tout était noté sur sa construction. Ils rirent de bon cœur.

Le pont de l'Øresund traverse la frontière et se trouve être le lien entre le Danemark et la Suède ce qui rendait Ava et Adrien encore plus impatients. Ils le regardèrent émerveillés, par tant de grandeur. Il était immense, long de presque huit kilomètres, haut de plus de deux cent mètres et fabriqué de bêton et d'acier. Il y avait deux niveaux, la partie supérieure qu'ils allaient empruntés et la partie inférieure qui était la ligne ferroviaire reliant Copenhague et Malmö. Leurs yeux écarquillés se régalaient de tant de grandeur.

Leurs têtes et leurs portables pleins de souvenirs, ils remontèrent en voiture pour enfin traverser la frontière.

Arrivés au milieu du pont, Adrien ralentit pour que sa femme puisse prendre la photo de l'entrée en Suède.

- Nous y sommes ! lança le jeune homme.

- Oui nous y sommes, nous roulons désormais sur les routes de notre nouvelle vie ... je t'avoue que je suis un peu anxieuse…

- Je vois, mais tout va bien et il y en a un qui ne se fait pas de soucis… ; lui dit son mari en désignant Blind.

Le petit chaton dormait paisiblement sur le siège arrière, qu'il avait récupéré pour lui seul, et n'avait pas ouvert un œil. Ava en profita pour le prendre en photo car rare était la fois où elle en aurait une de lui uniquement.

X

Vérité ou illusion ?

Quelques minutes plus tard ils arrivèrent à Malmö, première ville Suédoise. Ava regardait partout pendant qu'ils la traversaient et ses yeux s'arrêtèrent sur une immense tour, tellement haute qu'elle dépassait largement les autres et qu'on ne pouvait la rater, elle prit son téléphone et dit à son mari :

- Regarde mon cœur, la tour que l'on voie ici est une tour d'habitation de cent quatre-vingt-dix mètres ! Elle s'appelle Turning Torso et c'est la seconde tour d'habitation la plus haute d'Europe !

- Ah ben finalement, tu ne t'étais pas renseigné sur tout ; lui dit 'il en rigolant.

Ava était subjugué par la hauteur de cet immeuble et quand elle regarda ailleurs, elle se rendit compte que ce n'était pas qu'une ville de passage mais bel et bien une ville touristique.

Malmö comptait plus de trois cent dix-huit mille habitants, lu t'elle sur son portable, et ses patrimoines architecturaux tels que « Le moulin du château » ou « l'église Saint Pierre » en faisait une ville très visitée.

Elle se régala de voir autant de choses et fût ravie d'avoir emprunter la route qui la traversait.

Puis ils continuèrent leur chemin vers Stockholm. Ils leur restaient plus de six cents kilomètres à parcourir et ils ne voulaient pas perdre de temps pour ne pas arriver à une heure trop tardive.

Le couple arrivait dans une période plus agréable car les jours se rallongeaient. Dès la fin mars, les Suédois passaient à l'heure d'été. Mais au mois de Juillet le soleil se levait à trois heures quarante dans la nuit pour ne se coucher qu'à vingt-deux heures et les journées, de ce fait, étaient très longues.

Ava se sentait heureuse et apaisée, le sourire aux lèvres, elle regardait son mari puis sont petit chat et se dit qu'elle avait eu beaucoup de chance dans sa vie ; ses yeux papillonnaient, elle sentit la fatigue l'envahir et s'endormie.

Adrien qui la regardait de temps en temps vit que son sommeil était agité, elle n'était pas sereine ; elle devait certainement faire des cauchemars alors il la réveilla doucement pour la sortir de ses mauvais rêves.

- Ma chérie, réveille-toi ... lui dit 'il doucement.

Elle ouvrit les yeux et regarda son mari ;

- Désolé, tu n'avais pas l'air bien, tu gigotais et tu faisais des sons bizarres, lui dit son mari.

- Non, tout va bien, je ne sais même pas de quoi je rêvais... Je vais essayer de me rendormir, je suis fatiguée.

- Ok, rendort toi ; lui répondit Adrien en posant sa main sur celle de son épouse.

A ce contact, Ava sursauta, une douleur venait de l'envahir, elle prit sa tête entre ses mains d'un geste mécanique mais elle savait qu'elle ne pourrait pas l'arrêter. Elle ferma les yeux et la vision qui arrivait était douloureuse autant physiquement que mentalement, son cœur se brisait, ses larmes coulaient le long de ses joues et elle ne voulut pas analyser ni décortiquer ce qu'elle venait de voir. Son pouls battait à tout rompre, sa bouche était sèche comme si elle n'avait pas bu de deux jours consécutifs et ses larmes ne s'arrêtaient pas de couler.

- Qu'est ce qui se passe ? Mais tu pleures ! Tu veux que je m'arrête ? lui dit Adrien inquiet de voir sa femme dans cet état.

- Non ! répondit la jeune femme d'un ton autoritaire.

Son mari se tourna vers elle, cette colère il l'avait rarement vu chez sa femme, son visage était fermé et tendue et ses yeux d'ordinaire d'un vert sublime étaient devenus noirs de rage.

- Talk to me * ... lui dit son mari.   * Parle moi

- On est en France, parle français !!! répondit sa femme méchamment.

Il n'en fallu pas plus pour qu'Adrien se mette en colère et ainsi s'ensuivie une grosse dispute où les mots de l'un et de l'autre avaient souvent dépassés leurs pensées. Les cris remplirent la voiture et même Blind ouvrit les yeux. Leurs paroles furent dures et méchantes, Ava qui restait avec cette vision dans sa tête ne plia pas et Adrien, vexé, ne fit pas non plus le premier pas. Ils cessèrent de se parler.

La jeune femme revit encore et encore, malgré elle, la vision qui lui avait déchiré le cœur. Elle se rappelait sa promesse faite à Claire et c'est ce qui la faisait d'autant plus souffrir .... Elle s 'endormie de fatigue et son sommeil fût remplis de cauchemars.

Quand elle se réveilla, sa première pensée était la même qu'avant de s'endormir, cette peine immense qui l'avait envahi aurait du mal à partir et elle ne savait pas comment réagir. Après tout, ce n'était qu'une vision, pas la réalité .... Mais ses visions devenaient tout le temp réelles...

Elle regarda la route et fût surprise de voir qu'il faisait nuit, elle lut l'heure aussitôt, elle avait dormi tout le trajet ! Il était vingt et une heure et ils venaient tout juste de passer le panneau d'entrée de Stockholm. La jeune femme pensa que ça aurait dû être encore un grand moment de leur voyage mais ses pensées et sa colère se bousculaient dans sa tête et elle n'apprécia guère l'instant. Ils trouvèrent assez rapidement l 'hôtel qu'Ava avait réservé et tout trois descendirent de voitures.

- Eh ben, Ruby n'en pouvait plus ! J 'ai failli vous appeler pour vous arrêter au moins une fois, puis elle a tenue ; dit Jim à son fils.

- Je suis désolé, je n'ai pas pensé à m'arrêter ; répondit Adrien à son père.

Il regarda Ava, elle le regarda aussi puis il se tourna vers son père et lui dit :

- Je vais dormir dans ta chambre si ça ne te dérange pas ….

Jim, surpris, acquiesça. Il se demanda ce qui avait bien pu se passer pour un tel revirement de situation. Il rappela la chienne et s'en alla dans l'espoir de les laisser parler. Le couple se toisa du regard puis partirent chacun dans une direction opposée.

Une fois rentrée dans sa chambre et seule, Ava essuya ses larmes. Son cœur était lourd de tristesse et elle revivait cette vision qui l'a bouleversait sans cesse, elle passa un coup d'eau froide sur son visage puis retourna chercher sa valise à la voiture. Dehors la nuit était froide et elle regretta vite de ne pas avoir pris son manteau, d'autant plus que sa bombe lacrymo y était dedans. L'air glacé lui fit du bien, elle se sentait vivante, même si pour l'instant, cette situation lui paraissait insurmontable. De retour dans sa chambre, elle prit une douche et se coucha. Elle n 'avait pas faim, son estomac était aussi serré que son cœur.

Elle s 'endormie en pleurant.

Jim qui ne comprenait pas ce qui se passait, interrogea son fils :

- Que s'est-il passé ?

- On s 'est disputé ...

- Prend moi pour un imbécile ! J'avais compris ça ! Que s'est'il réellement passé ? Pourquoi vous êtes-vous disputé ?

Adrien qui ne pouvait plus garder ce secret pour lui, le raconta à son père. Il avait un peu peur de sa réaction, peur que son cœur est un souci mais il lui dit tout ce qui s'était passé depuis son départ à Londres. Tout ce qu'Ava avait dû vivre, seule puis avec lui quand il était revenu, son courage et l'acceptation de ce don sans avoir de doutes ou de craintes malgré toutes les questions qui ont envahis leurs têtes. Il lui dit à quel point il était fier d'elle... Au fur et à mesure de l'histoire, le visage de Jim se décomposait et devenait blanc, il ne s'était doutait de rien et sa surprise était totale. Puis Adrien, lui raconta la dispute.

- Mon fils, tu sais …dans la vie, tout n'est pas noir ou blanc. Tu le sais tout ça, cela fait plus de dix ans que vous vivaient ensemble, tu connais ton couple et vous en avait traversé des épreuves ! Dis-toi que s'en est une de plus et pas la moindre mais c'est toujours la même, c'est ta femme ! Certes, elle t'a vexé mais tu sais qu'elle n'est pas méchante et je pense que ses mots ont dépassé ses pensées sans qu'elle ne le veuille. Au final, ce n'est pas grand-chose, mais il faut que tu saches quelle " vision " l'a mis dans un tel état. Je l'ai rarement vu énervé et je pense qu'elle n'était pas dans son état habituel, tu le sais mieux que moi, n'est-ce pas ? Tu connais Ava, tu sais que c'est une personne juste, honnête. Tu n'as rien fait de mal et quand sa colère se sera apaisée, tu comprendras ce qui l'a énervé à ce point… lui dit Jim.

- Oui bien sûr que je le sais papa ! Ce n'est pas elle mais …

- Mais rien ! Prend une douche et rejoins ta femme Adrien ! Ce n'est rien du tout ça, parle avec elle ou si tu ne veux pas parler, serre la fort contre toi mais dort avec elle. Cesse de faire l'enfant, met de côté ton orgueil et affronte les problèmes ! On ne sait pas de quoi notre lendemain est fait, tu l'as vu avec ta mère … lui répondit fermement Jim.

Adrien regarda son père, il était ému et c'était la première fois depuis longtemps qu'il parlait de sa femme.

   Le jeune homme alla prendre une douche, l'eau chaude lui fit du bien et le détendit peu à peu. Il se dit que son père avait raison et qu'il ne pouvait pas laisser sa femme seule. Quand il l'avait quitté tout à l'heure, elle avait l'air bouleversé, un mélange de tristesse et de colère. Il ne supportait pas de la savoir mal et se hâta de finir la douche.

- Papa, j'y vais. Je peux te laisser Blind et Ruby ? lui demanda Adrien.

- Bien sûr, good nuit, lui répondit son père souriant.

Jim ferma la porte derrière son fils en espérant que tout s'apaiserait de l'autre côté.

116

Adrien était devant la porte de sa femme mais n'était plus sûr que ce soit une bonne idée, et si elle était toujours furieuse ? Si elle ne le laissait pas entrer ? Il prit son courage à deux mains et tapa doucement trois coups. Il attendit un peu mais aucun bruit dans la chambre, il tapa un peu plus fort.

Ava se réveilla, il lui semblait bien avoir entendu toquer, elle regarda l'heure, il était presque minuit ! Elle se leva et demanda :

- Qui est ce ?

- C'est moi ... répondit son mari.

Elle ouvrit la porte, le regarda et le laissa entrer.

- Je suis désolé... lui dit Adrien.

- Moi aussi, je suis désolé, je suis allé trop loin ...

Adrien la serra dans ses bras et Ava se mit à pleurer les larmes qu'elle avait retenues tout ce temps, il la serra encore plus, et lui murmura :

- Raconte-moi s'il te plait ....

- Je ne peux pas, c'est trop dur pour moi ! lui dit elle.

- Je suis là mon amour, lui dit gentiment son mari.

Elle leva les yeux vers lui et lui décrivit sa vision :

- C'était toi et une autre femme ... Ava reprit sa respiration puis continua :

- Tu souriais d'un sourire que j'ai rarement vu, tu avais l'air heureux d'être avec elle, tu la tenais dans tes bras ... elle t'entourais le visage de ses mains puis elle a posé sa tête contre ton épaule et à ce moment-là, tu étais l'homme le plus épanouie du monde ... lui raconta Ava, complétement bouleversé.

- Jamais, tu m'entend jamais !!! Regarde-moi Ava, regarde-moi dans les yeux et je peux te jurer sur ma vie que ça n'arrivera jamais ! Tu es ma femme, l'amour de ma vie et la future mère de mes enfants !!! Comment peux-tu croire que ça puisse arriver ? Comment peux-tu croire un seul instant que je puisse être heureux avec une autre femme dans mes bras ? Je t'ai épousé toi et il n 'y a que toi que je veux. C'est avec toi que je veux un bébé ... Alors pour une fois, je pense que ta vision était fausse, tu tétais peut-être endormie et c'était un cauchemar mais je te jure que ça n'arrivera pas ! Je t'aime plus que tout mon amour !

Ava regardait toujours son mari, celui qu'elle connaissait, celui qui savait mieux que quiconque la rassurer, celui qui était et serait toujours sa moitié ! Mais elle avait eu cette vision et cette trahison était dans sa tête, elle ne savait plus quoi penser. Elle l'aimait aussi, plus que tout, et voulait oublié ce qu'elle avait vu, ne plus avoir ses images incessantes.

Alors elle prit une profonde inspiration et décida de vivre le moment présent, et d'oublier cette scène, qui après tout, ne s'était pas encore réalisé et qui ne se réaliserai peut-être jamais... Son mari se tenait devant elle à cet instant, il n'avait rien fait et elle devait lui faire confiance même si elle devait aussi faire confiance à ses visions.

Adrien regardait sa femme, il était tendu et fébrile, il la sentait hésitante et son pouls commençait à s'accélérer puis elle leva les yeux vers lui et lui murmura :

- I love you

Il lui déposa alors, un bisou sur ses lèvres puis son cou, son front, de nouveau ses lèvres. Son soulagement était total, son cœur battait toujours vite mais pas pour les mêmes raisons. Il posa ses lèvres sur celles de sa femme et s'embrassèrent longuement pour sceller leur réconciliation.

Mais de leur baiser commençait à naître en eux un désir, de plus en plus pressant et surtout intense. Adrien souleva sa femme, qui enroula de suite ses jambes contre les hanches de son mari, puis il alla la déposer sur le lit. Il faisait balader ses mains sur cette peau douce qu'il aimait tant, sur ce corps qu'il connaissait du bout des doigts et qui le rendait fou de désir, ses mains descendait le long du dos de sa femme, doucement, très doucement … Il la sentait frémir sous ses caresses, alors elle pris son regard et lentement se déshabilla devant lui, Adrien tous sens en éveil unie son corps contre celui de sa promise …

Ava éteignit la lumière.

119

XI

L'héritage

Ils furent réveillés par le bruit de quelqu'un qui toquait à leur porte, Adrien se leva et ouvrit l'ouvrit :

- Et alors, on fait la grasse matinée ? lança Jim.

- Mais quelle heure est-il ? demanda le jeune homme.

- Presque onze heure fils !

- Rentre papa, on va se préparer rapidement !

Ruby qui avait vu la porte s'ouvrir était déjà allé voir sa maitresse pour essayer de la sortir du lit. Ava se leva enfin, alla embrasser son beau-père puis s'habilla rapidement. Une fois ses affaires rangées, ils décidèrent de sortir prendre leurs petits déjeuners.

Leurs repas avalés et les voitures chargés une dernière fois, Ava et Adrien se regardèrent :

- Dernière ligne droite mon cœur ! lui dit Ava.

- Oui on y est presque, on va trouver cette fameuse maison !

Le trio prit donc la direction d'Alta, une petite ville située à vingt minutes environ de Stockholm. Ava ne pouvait s'empêcher de regarder partout, elle aimait tellement découvrir de nouvelles choses, de nouveaux pays, elle s'émerveillée de toutes ces différences culturelles. Leur but n'était qu'à quelques kilomètres et elle se demandait comment serait la maison, si elle serait habitable où si ils devraient acheter une caravane en attendant des travaux éventuels ... Le notaire qui s'en était occupé n'avait pas fait consciencieusement son travail et ne connaissait pas l'existence d'Alice lorsque le couple mourût. Quand Jim l'avait enfin retrouvé et contacté, le clerc fût très gêné et s'était confondu en excuse, il avait donc fait le nécessaire immédiatement pour régulariser l'héritage, mais ne savait pas dans quel état était la maison et n'avait pût renseigner Jim. Serait 'elle squatter ? En ruine ? Habitable ? Telles étaient les questions de la jeune femme, de son mari et de son beau-père.

Ils arrivèrent quelques minutes plus tard dans la municipalité d'Älta et comme ils le savaient, c'était une petite ville de moins de quatre kilomètres de superficie et le tour serait rapidement fait. Ils étaient un peu plus de neuf mille habitants et on pouvait déjà voir pas mal de logements dans le centre mais ce qui intéressé le trio, c'était de trouver l'église. En Suède, on ne trouvait pas de mairie dans chaque commune comme en France, c'était surtout des Tax office et plutôt dans les grandes villes comme Stockholm et pour le reste de l'administratif les églises s'en occupait plus ou moins.

Une fois celle-ci repérée, ils descendirent de voiture pour aller se renseigner.

- Tu y vas chérie, lui demanda Adrien.

- Oui, pas de soucis, occupez-vous de Blind et Ruby pendant que je vais prendre les renseignements, lui répondit'elle.

Ava regarda autour d'elle, tout était différent de ce qu'elle avait l'habitude de voir, la paroisse était une grande maison et non une église. Elle avait été construite en 2000, des bardages de bois blancs recouvraient la façade, des tuiles rouges pour le toit et deux grandes portes bleues que la jeune femme poussa.

Elle ressortit quelques minutes plus tard avec une carte de la commune et s'empressa de retrouver les garçons pour leur expliquait :

- Il y avait quelqu'un de très gentil et il m'a expliqué où la maison se trouvait, leur dit-elle tout sourire.

- Eh bien, Ava, je suis ravi de te voir avec ce beau sourire, saurais tu quelque chose que l'on ne sait pas ? lui demanda Jim.

- Peut être … répondit' elle en remontant aussitôt dans la voiture.

Adrien et Jim se regardèrent en souriant et partirent chacun à son véhicule. Leur voiture n'avait même pas démarré qu'Ava pris sa tête dans ses mains et la douleur habituelle de ce qui allait se passer la traversa d'un coup. Adrien comprit tout de suite et ne lui parla pas immédiatement ; Ava, quant à elle, subit cette nouvelle vision et se replia sur elle-même.

La jeune femme commença à se relever et se détendre, elle raconta à Adrien sa vision ;

- Déjà, ce n'est pas par rapport à Blind, ce n 'est pas lui qui voyait mais moi. Enfin c'était peut-être lui, remarque …dit'elle en réfléchissant. Ce que je veux dire, ce n'est pas quelque chose qu'il a vu là mais qui se passera plus tard.

- Bon, Ava, tu cesses ton suspens, lui dit son mari impatient.

- J'ai vu des bébés ….

- Des bébés ???? au pluriel ? oh mon dieu ! lui dit Adrien, devenu pâle.

- Oui beaucoup !

- Mais comment ? Enfin je sais comment, mais combien ?

- Au moins une dizaine …

   Adrien la regarda en se demandant si sa femme était devenue folle ! Il était blanc comme un linge et n'en croyait toujours pas ses oreilles.

Le voyant dans cet état, sa femme s'expliqua :

- Oups ! Aurais-je oublié de te préciser que la dizaine de bébés que j'ai vu étaient ceux de Ruby ? lui dit Ava en explosant de rire.

- Ruby ?! Très marrant bébé, je suis mort de rire … dit 'il en râlant.

Et sa femme ria de plus belle, elle en avait les larmes aux yeux et chaque fois qu'elle voulut se calmer, elle repensait à sa tête et rigolait encore plus.

- Par contre, c'est vrai, j 'ai eu cette vision et on va avoir plein de chiots mon cœur, lui dit Ava entre deux fous rire.

- J'espère que ta vision ne sera pas pour de suite, lui répondit son mari en marmonnant.

Ils démarrèrent enfin la voiture et la jeune femme servi de co-pilote à son mari pour essayer de trouver leur maison. Après quelques petites minutes de route, ils arrivèrent aux abords d'un immense lac comme lui avait indiqué le jeune homme à l'accueil de la paroisse. Ava guida Adrien sur une petite route qui avait l'air de contourner l'étendue d'eau et quelques centaines de mètres plus loin, lui demanda d'arrêter la voiture. Ils descendirent tous les trois suivis de Ruby et Blind.

- Tu veux prendre des photos ? lui demanda Adrien.

Elle sourit, ce qu'elle vit été vraiment au-dessus de ses attentes et son émerveillement total. Devant elle, ce lac immense où on n'en voyait pas la fin, le paysage était épatant. Puis elle regarda sur le côté de celui-ci et découvrit le chemin qu'on lui avait indiqué. Elle n'y croyait toujours pas ses yeux mais ce n'était pas un rêve, cette petite route au bord du lac se finissait sur une petite île. Devant ses yeux ébahis se trouvait une presqu'île ! Et sur celle-ci, leur maison ….

- Je veux juste que vous regardiez là, leur dit 'elle en en pointant la presqu'île du doigt.

Jim et Adrien suivirent la direction à voir puis ils se regardèrent et se tournèrent vers Ava .

- Oui, oui c 'est notre maison !!! leur dit' elle en sautant de joie et en applaudissant.

Les hommes, moins démonstratifs d'habitude, ne purent cacher leur joie devant cette vue parfaite à leurs yeux. Ce fût un moment qu'Ava ne serait pas prête d'oublier, tous les trois souriaient, se serraient dans les bras et s'émerveillaient de tant de chances.

- Une île ! Une île à nous ! Juste pour nous trois ! chantonnait Ava.

Les deux hommes n'en revenaient toujours pas et ce fût une très belle surprise.

- Merci ma chérie ! lui lança son mari.

- Pourquoi ? l'interrogea sa femme.

- Pour ne nous avoir rien dit tout à l'heure et nous avoir laissé le découvrir.

Ava et Adrien s'embrassèrent puis allèrent faire un gros câlin à Jim.

- Alice aurait beaucoup aimé cet endroit ... murmura Jim.

- Oui c'est certain ... acquiesça son fils en pensant de suite au bonheur qu'aurait eu sa mère.

   La jeune femme, passionnée de photos, immortalisa ce moment magique, cette découverte exceptionnelle à leurs yeux .

- Même dans mes rêves, je n'aurais jamais imaginé vivre sur notre propre île ... et je ne pensais pas que cette arrivée resterait gravé dans ma mémoire comme elle va l'être à présent, leur dit Ava en les regardant à tout les deux.

Jim se tourna vers son fils et sa belle-fille, un magnifique sourire sur ses lèvres ;

- On y va ? leur dit' il, impatient.

- Ouiiii !!!!!!! répondirent les amoureux d'un même écho.

Ils embarquèrent tous dans les voitures et empruntèrent le chemin sinueux qui les conduisaient chez eux.

Ils descendirent de voiture et derrière deux gros arbres découvrirent leur maison de dos, ils continuèrent à avancer. L'herbe étant très haute, Jim préféra portait le chaton pour ne pas faire de mauvaises rencontres. Quelques mètres plus loin, ils étaient face à elle. Elle n'était pas si petite qu'elle y paraissait, le toit d'un gris clair se mariait parfaitement avec l'eau du lac, la façade était en bois et vue de l'extérieur le chalet était en parfait état. Adrien ouvra la porte le premier et contre tout attente, elle était fermée à clefs. Il regarda son père et lui demanda :

- On fait quoi ?

- Attendez moi, je reviens.

D'un pas décidé, Jim alla à sa voiture et en revint trois minutes plus tard avec une caisse à outils. Il l'ouvrit et en sortit le nécessaire ;

- J'étais persuadé ne pas m'en servir, je pensais que la maison serait ouverte, voir dépouillé. Mais au cas où, j'avais demandé à Dan ses anciens outils et le façon de procéder pour changer une serrure sans clefs.

Le couple regarda Jim d'un air interrogateur et il reprit ;

- Dan Jones était serrurier à l'époque et je me suis dit que ça pourrait toujours nous servir. Allez faire le tour de l'île, j'en ai pour quelques minutes.

- Non, on va t'aider ; lui dit son fils.

Jim l'envoya balader et se remis au travail.

XII

Jean-Philippe

Le couple en profita pour faire le tour de leur terre où il y avait une dizaine d'hêtres grands et majestueux un peu partout. La maison se trouvait au bout de l'île et la majorité du terrain était sur les côtés mais surtout le devant. Elle s'étendait sur plus d'un hectare et Ruby en avait déjà exploré plus de la moitié ! Ava la regardait courir partout et aboyé de temps en temps, elle allait être heureuse ici. Ils avancèrent encore et sur le côté sud, derrière des arbres plus petits, ils découvrirent une remise près d'un ponton. Le couple se rapprocha, la cabane ressemblait à la maison, le même toit, la même façade, leur construction avaient dues être simultanées. Avec la même curiosité, ils se penchèrent aux fenêtres pour regarder à l'intérieur et y découvrirent une barque en bois, des rames et plein d'autres matériel.

- Non mais on rêve là ?! La porte n'est pas cassé, la maison est en bon état de l'extérieur, on a une cabane, une barque, une île !!!! Pince-moi ; s'écria Ava carrément excité.

- Je confirme !!! Je ne m'attendais pas à temps ; lui répondit Adrien encore surpris de toutes ces découvertes.

129

Soudain, la jeune femme eut encore une vision, et se tourna vers son mari ;

- Il faut absolument trouver Blind il va se faire attaquer par quelque chose !!! Un serpent ou du moins un truc long et humide qui y ressemble, je n'ai pas bien vu mais c'est grave !

Puis ils entendirent Ruby grogner et aboyer, Adrien courut la chercher suivie de sa femme et la trouvèrent non loin du bord. Il lui ordonna de s'asseoir et Jim qui les avaient rejoint aussi vite attrapa Ruby pour la tenir.

- Rien de grave, ce n'est qu'une anguille ; leur dit Adrien soulagé.

- Adrien, c'est dangereux ! Elles mordent et peuvent faire très mal, il faut la remettre dans l'eau ; ordonna son père.

Puis il reprit en leur expliquant :

- Celle-ci est une anguille d'Europe et sa grande particularité est qu'elle est capable de respirer à l'air libre, bien qu'elle vive dans l'eau. Vous voyez sa couleur vert foncé et un peu argenté, ça veut dire qu' 'elle est adulte et vue sa taille, c'est une femelle. Une morsure peut faire très mal !

Ils regardèrent l'anguille qui n'avait pas bouger puis Adrien recula doucement pour essayer de trouver un bout de bois pour la faire fuir quand soudain Blind arriva, tout joyeux en sautillant dans les herbes, l'anguille se retourna d'un coup vif et attrapa le chaton avec une telle rapidité que personne n'eut le temps de faire le moindre mouvement. La famille était sous le choc et c'est à ce moment précis que Ruby en profita pour s'échapper et de sa patte écrasa l'anguille qui laissa échapper sa proie ! Furieuse, elle essayait maintenant de mordre la chienne. La scène était d'une violence absolue pour Ava, elle entendit Blind qui gémissait et quand, enfin, elle le trouva son poil blanc avait pris la couleur du sang. Elle devait s 'occupait de lui pendant que les garçons s'occupaient de Ruby ! Elle enleva sa veste, essaya de trouver la morsure au milieu de tout ce sang pour arrêter l'hémorragie et au bout de quelques secondes trouva l'endroit exact pour faire le point de compression. Ava enroula Blind dans sa veste tout en restant appuyé,elle se tourna vers les autres et se rendit compte que Jim n'était plus là :

- Où est ton père ? Ruby a été mordu ? Il faut vite partir au vétérinaire bébé !!!! Je viens de faire un point de compression mais il a perdu énormément de sang et je l'entends à peine respirer.

- Ne t'approche pas, mon père est allé chercher un marteau car Ruby ne tiendra pas longtemps et si on l'appelle, on a peur que l'anguille l'attaque à elle aussi ! répondit Adrien à sa femme.

- Pas bouger Ruby ! ordonna-t-il, C'est bien ! Pas bouger ne cessait'il de répéter.

Sur ce, Jim arriva en courant, la barre d'un cric dans la main et sans réfléchir une seule seconde asséna un coup violent sur la tête de l'animal.

Voyant que l'anguille ne bougeait plus, Adrien rappela sa chienne et la félicita, les deux hommes poussèrent l'animal dans l'eau et coururent tous vers la voiture. Jim se mit au volant de suite, Adrien ouvrit la porte de derrière pour Ava et Ruby et lui s'installa aussitôt côté passager. Il n'avait pas fermé la porte que son père avait déjà démarré la voiture.

- J'attend que ça capte, mais va en direction de Stockholm au cas où...dit Adrien à son père.

- Je ne le sens plus respirer, murmura Ava.

- Ne lâche pas le point de compression ! On ne sait jamais ! lui dit Jim inquiet.

- Ok, il y a un vétérinaire à cinq kilomètres de là, prend à gauche puis à droite et tout droit !!!

Les kilomètres qui s'en suivirent furent particulièrement longs, Ava commençait à avoir la main engourdie à force d'appuyer et Ruby essayait de sentir le chaton toutes les trente secondes. Quelques minutes plus tard, un homme et une femme les attendaient devant l'entrée de la clinique vétérinaire. Ils leurs firent signe de laisser la voiture là et ils rentrèrent à l'intérieur.

Pendant qu'Ava confiait le chaton à l'homme, Adrien, lui répéta ce qui c'était passé car il avait parlé beaucoup trop vite en anglais quand il les avaient appelés de la voiture et l'homme n'avait pas tout compris. Ils prirent Blind en charge et le couple en profita pour regarder si Ruby n'avait pas reçu de morsure elle aussi.

Après un tour rapide, ils ne virent rien de spécial. La secrétaire s'approcha d'eux au bout de quelques minutes d'attente et leur expliqua dans un parfait français ;

- Docteur Karlsson vous fait dire qu'il va falloir opérer, la blessure est à la patte mais votre chat a perdu beaucoup de sang et comme il a seulement quelques semaines, il ne sait pas si il survivra ... je suis sincèrement désolé de vous dire ça comme ça mais le docteur veux savoir si il opère ou non?

- Oui bien sûr, qu'il essaie de le sauver, s'il vous plait, lui répondit Ava le cœur déchiré.

- Parfait, je vous prie de m'excuser, je reviens de suite.

Ava regarda son beau-père, il était pâle et elle se sentit inquiète pour lui. Elle se leva et alla lui servir un verre d'eau à la fontaine ;

- Ça va ? lui demanda t'elle en lui tendant le verre.

- Oui ne t'inquiète pas, juste trop de stress d'un coup.

La jeune femme revint un peu plus tard et leur dit :

- Il y en a pour un moment, et il restera sous surveillance toute la nuit si il s 'en sort ... Vous pouvez y aller, je vous appelle dès qu'il est opérer. Mais ça ne sert à rien de rester, je vous contacte, ne vous inquiétez pas.

- Merci beaucoup, à tout à l'heure, répondit Jim en prenant sa belle-fille contre lui puit reprit :

- Allez les enfants, il commence à se faire tard et on a pas mangé, on va essayer de trouver un restaurant qui nous sert à cette heure-ci et après on ira faire des courses pour ce soir car on aura pas le temps de s'occuper de l'électricité avant et il nous faut des bougies. C'est ok pour vous ?

- Parfait, tu as raison et il reste beaucoup de choses à faire donc on y va ; répondit son fils.

Ava hocha la tête et esquissa un léger sourire, son ventre gargouillé et elle commençait à avoir très faim mais son cœur lui faisait mal de laisser Blind et de ne pas savoir si elle le reverrais. En quelques jours, elle s'était attachée à lui et, par la force des choses, avait créé un lien indestructible.

Ils décidèrent de retourner sur Stockholm où ils auraient plus de chance de trouver un restaurant et de quoi faire des courses.

- Au fait, j'ai changé la serrure ! J'allais vous appeler quand j'ai entendu grogner Ruby ; leur annonça Jim.

- Ah, c'est super ça ! C'est une bonne nouvelle. On va manger tranquille mais il ne faudra pas trop s'attarder car je ne pense pas avoir fermé la voiture à clefs, en même temps on est quand même isolé mais bon ... leur dit Adrien.

Il était plus de seize heures quand ils prirent, enfin, la route du retour. Ruby n'en pouvait plus et ronflait encore plus fort que d'habitude ce qui fit sourire Adrien, qui était passé derrière avec elle.

- On a beaucoup de chance de l'avoir ... leur dit il.

Ava se retourna pour regarder leur chienne et confirma :

- J'avoue qu'elle a était super ! Ça fait deux fois qu'elle sauve Blind et surtout elle ne se démonte pas. Nous pouvons vraiment être fier d'elle et heureusement qu'elle n'a rien eu ....

La route jusqu'à la grande ville était agréable et assez rapide, et bientôt le lac apparût et leurs sourires étaient de nouveaux présents. Ils étaient conscients de la chance qu'ils avaient de venir vivre dans cette nature luxuriante.

- Bon , on va voir cette maison ? Ou toujours pas ? leur demanda la jeune femme.

- Go !!! lui répondit son mari.

Ils descendirent de voiture et marchèrent en direction de la maison au milieu des herbes hautes et de quelques ronces auxquelles ils faisaient attention. Les arbres devaient atteindre plus de vingt mètres de haut, ce qui les rendaient majestueux et le feuillage de ces hêtres laissait passer le soleil qui brillait encore très fort à cette heure-ci, l'eau du lac rendait le tout épatant de beauté .

Adrien poussa enfin la porte de la maison et ce qu'ils y virent ne les déçurent pas, la pièce principale était baignée de lumière qui rentrait de part en part ainsi que par une immense fenêtre de toit. Sur le côté gauche de la maison il y avait la cuisine ouverte sur la salle à manger, au milieu une grande table en bois ronde, sur le mur en face de l'entrée une vieille cheminée et sur la droite de la porte se trouvait un escalier. Ava s'empressa de monter à l'étage et trouva deux grandes chambres et une salle de douche.

- ça ne se faisait pas à l'époque les suites parentales ?

- Non pas du tout ! La maison est très vieille et les derniers propriétaires étaient les parents d'Alice. Rose et Eli sont décédés vers l'âge de quarante ans alors que ma femme n'avait que dix ans et c 'est eux qui ont dû faire les derniers travaux qui remontent, d'après moi, à une quarantaine d'année. Ils étaient sûrement dans l'air du temps vu l'ensemble mais pas quand même dans le futur ; lui dit-il en rigolant.

Cette année, on aurait dû fêter ses cinquante ans, le vingt avril, dans quelques jours … reprit Jim plus bas.

Ava prit son beau-père dans les bras en le serrant fort et lui murmura :

- On est là, on vous aime et je pense qu'elle est avec nous aussi …

Jim essuya ses yeux d'un geste rapide et ils reprirent le reste de la visite.

La première chambre avait une grande fenêtre et une magnifique vue sur le lac ; il y avait un matelas posé sur un sommier à ressort mais sans tête de lit, deux chevets, une commode, une belle coiffeuse en marbre et un transat dans un parfait état si ce n'est les années qui ont défilées. Alice avait dix ans à l'époque, avait 'ils gardé des souvenirs d'elle bébé ? La jeune femme s'interrogea puis continua la visite. Les murs blancs avaient jaunies avec le temps et au sol le vieux parquet serait à revernir mais dans l'ensemble, ce ne serait pas dans cette pièce qu'il y aurait le plus de travail. Ava referma la porte derrière elle et suivie son mari et son beau-père dans la seconde chambre.

Elle arriva près d'eux mais vit dans le regard de son mari que quelque chose n'allait pas.

- Qu'est ce qui se passe mon cœur ? lui demanda t'elle.

- Look * …. lui répondit -il.

Elle entra, la pièce était recouverte du papier peint de l'époque, de grosses fleurs roses, marrons et orange sur tous les murs. Là aussi, il y avait une grande fenêtre et le soleil inondé la chambre de lumière. Sur le côté droit, il y avait un petit lit d'enfant en bois blanc où était gravé :

 " Alice "

*Regarde

137

Puis elle vit ce qui avait troublé son mari à ce point. Sur le côté gauche trônait un joli berceau en osier habillait par un tissus d'un bleu très clair, un ciel de lit en voilage recouvrait la moitié du couffin, à l'intérieur le lit était fait avec un drap blanc en dentelle et une couverture de la couleur du ciel où elle vit quelque chose de gravé, elle s'avança un peu plus et lu :

"Jean-Philippe "

Elle se tourna d'un air interrogateur vers l'un et l'autre ;

- On est aussi surpris que toi et non on ne sait pas. Alice m'a toujours dit qu'elle était fille unique. Je pense que ce sera bien que demain on aille dans le village pour essayer de voir si quelqu'un les connaissait et si on peut savoir des choses. La situation me dépasse ... leur dit Jim.

- Oui, c'est une bonne idée ; répondit Adrien encore surpris par cette découverte.

Ils finirent la visite par la salle de douche qui était dans son jus depuis une quarantaine d'année maintenant. Ils furent surpris tout d'abord par la couleur ; le lavabo, le bidet et la baignoire, tout était vert ! Le carrelage qui était au-dessus du lavabo mais aussi celui contre le mur de la baignoire était également de la même couleur, seul le reste des murs étaient de couleur crème. Dans un coin de la pièce se trouvait, une table à langer transformable en bain pour bébé et au-dessus une étagère sur laquelle des serviettes de toilettes avaient été posées et où des araignées avaient établies leur nid depuis tout ce temps.

- Franchement, je m'attendais à pire !!! Un grand coup de ménage pour aujourd'hui, les prochains jours peinture et aménagement mais pas de gros travaux en perspective mis à part la salle de bain à refaire ; dit Jim.

- Yes ! C'est un super bon point ! répondit son fils.

- Et franchement, la salle de bain est largement utilisable et ce ne sera pas pressé de la refaire. Bon je vais attaquer le ménage ! lança Ava.

- Moi je vais aller chercher du bois en priorité pour chauffer cette nuit, et je commencerais à vider la voiture pour nous installer ; lui répondit son beau père.

- Ok, je vais vérifier l'électricité, voir si il y a encore du gaz dans la bouteille pour la gazinière et j'ai vu une machine à laver ! Je ne pense pas qu'elle marche encore mais je vais vérifier tout ça ! Let's go ! *

Quelques minutes plus tard, le trio fût prêt à attaquer. Les tâches répartis pour chacun et tout le monde motivé, ils commencèrent à travailler dans la bonne humeur. Ava s'était mis la musique et prît sur elle car la mission qui l'attendait lui faisait un peu peur, elle débutait son ménage par la poussière mais surtout les araignées et leurs immenses toiles construites partout dans la maison.

- Je commence par le haut les garçons ! Si vous m'entendez hurler, ne vous inquiétez pas !!! leur cria t'elle.

* Allons y

139

Les hommes qui savaient son aversion pour les tarentules se mirent à rire.

Jim entreprit de nettoyer la cheminée avant d'allé chercher du bois et Adrien vérifia l'électricité qui ne fonctionnait évidemment pas donc il passa les coups de fils nécessaire et alla vider la voiture.

Deux heures plus tard, Ava avait déjà bien avancé et les chambres étaient nickels. Le couple avait décidé de s'installer dans celle où les grands parents d'Adrien dormaient et ils avaient donc tous les trois déplacé le lit des parents dans la chambre des enfants pour Jim et mis le leur, qu'ils s'étaient spécialement acheté pour l'occasion, et qui avait voyagé avec eux, dans leur future chambre. Le lit d'Alice et le berceau de Jean-Philippe avaient été soigneusement nettoyé et mis dans un coin de la pièce en attendant d'être stocké. La jeune femme entreprit de s'occuper de la salle de bain quand la musique de son téléphone stoppa pour laisser place à sa sonnerie de portable. Elle vit marquée le nom du vétérinaire, prit une grande inspiration et décrocha. La discutions se fit en Suédois grâce aux cours qu'Ava avaient pris avant de venir habiter en Suède :

- Mme Smith ? Je suis le Docteur Karlsson de la clinique vétérinaire d'Älta.

- Oui, je vous ai enregistré. Comment va Blind ?

- L'opération s'est bien passé, mais comme ma secrétaire a dû vous expliquer, le chaton a seulement quelques semaines et a perdu beaucoup de sang. On ne sait pas si il survivra à cette hémorragie, on va le garder en observation cette nuit, là il n'est pas encore réveillé. Je suis désolé, Madame Smith, de ne pas avoir de meilleures nouvelles, je vous appelle demain.

- Je vous remercie ; répondit tristement la jeune femme.

- A demain, madame ; lui dit le vétérinaire.

- A demain ; répliqua t'elle.

Sur ce, elle raccrocha et alla prévenir les hommes qui étaient en bas. Quand elle descendit les escaliers, elle eut la bonne surprise de découvrir que son beau-père avait déjà allumé la cheminée et qu'Adrien enlevait toutes les toiles d'araignée de la pièce principale. Elle leur expliqua la situation et qu'il leur faudrait attendre le lendemain pour en savoir plus. Ils décidèrent de faire une pause et improvisèrent un apéritif pour essayer de remonter le moral de la jeune femme.

Ce moment fût bénéfique pour tout le monde, ils leur permirent de faire une pause, de se retrouver réellement mais surtout de rire. Beaucoup trop de choses s'étaient produites depuis quelques mois et leurs vies à tout les trois en fût perturbé. Ce n'était pas rien, il avait fallu vendre la maison des parents d'Adrien donc la vider de ses souvenirs pour garder un maximum de choses et les ranger chez le jeune couple, il y avait eu la préparation du voyage, le départ en lui-même, l'accident, la crise cardiaque de Jim, la séparation temporaire du couple, le nouveau don d'Ava et maintenant Blind ... Leurs vies s'en était retrouvé impactée et ce petit moment-là, cet apéritif improvisé, leur faisait un bien fou. Leurs visages étaient détendus et leurs rires faisaient écho dans toute la maison. Le temps passé mais il n'était pas pressé et l'essentiel était fait donc ils trainaient encore et encore tout en riant des blagues des uns et des autres.

Au bout de deux heures, la nuit tombée depuis un long moment et le ventre calé de saucisson et autres apéritifs, ils décidèrent de s'y remettre encore un peu. Ava alla finir de nettoyer la salle de bain et les garçons, munis de lampes frontales allèrent vider le reste de la voiture.

La nuit était noire, pas un réverbère en vue car il se trouvait loin de tout. Le bruit de l'eau était plaisant et par moment, ils pouvaient même entendre des poissons sautaient dans le lac.

Ils se chargèrent au maximum pour éviter de revenir. Ruby ne les lâchait pas d'une semelle, si bien qu'Adrien lui attacha deux casseroles et une poêle sur le dos, ce qui fit rire Jim. Et quand ils arrivèrent, Adrien appela sa femme :

- Oui, j'arrive, deux minutes ; s'écria t'elle.

Et quand elle descendit, elle éclata aussitôt de rire. La chienne les regardait d'un air interrogateur et avait plaisir d'être le centre d'attention de la petite famille.

142

Ils prirent quelques photos puis lui enlevèrent le colis qu'elle avait sur son dos.

- Elle est trop belle celle-là ! Regardez ! dit'elle aux garçons en leur montrant la photo qu'elle venait de prendre.

- Ah oui trop marrant ! On a fini de décharger du coup, la voiture est vide ; répondit son mari.

- Je propose qu'on distribue les cartons dans les pièces où ils doivent aller et qu'on se prépare un petit repas par la suite ; dit Jim.

- Ok, je finis et je vous aide ; répondit Ava.

XIII

Ne jamais se fier aux apparences

Quand enfin ils se couchèrent, après une douche froide et rapide, la jeune femme regarda l 'heure sur son portable et il était plus de deux heures du matin. Il était temps de dormir pour essayer de récupérer de cette journée qui paraissait interminable. Elle se tourna vers Adrien, l'embrassa et colla sa tête contre son torse. Ava fût ravie de ce qu'ils avaient fait et de l'avancement rapide, ils avaient formé un super trio. Mais ses pensées, à ce moment précis, étaient pour Alice ; elle aurait aimé ce qu'ils vivaient et la famille qu'ils étaient devenues, plus forts et plus solidaires, plus tendres et plus patients, il ne manquait qu'elle .... Sur ces souvenirs, elle s endormit.

Il était environ quatre heures du matin quand Adrien fût réveillé par sa femme. Elle gémissait et bougeait énormément, il l'a pris contre lui pour essayer de la calmer mais rien n'y fit, alors il l'a réveilla doucement ;

- My darling... murmura t'il en lui frictionnant l'épaule.

Elle se réveilla en sursaut et en pleurant ;

144

- Ca va aller mon amour, ce n'est qu'un cauchemar, rendort toi ... lui dit' il tout bas.

- Je ne sais pas, ça avait l'air tellement réel ... Blind a ouvert les yeux, a vu une lumière et a disparu. J'avais l'impression que c'était comme dans mes visions et que ce n'était pas un cauchemar ; lui expliqua t'elle.

- Je t'assure que ce n'était qu'un mauvais rêve, rendors toi ; lui conseilla Adrien.

Elle se colla contre lui, et épuisé se rendormit aussi vite. Son mari l'entendit respirer régulièrement, et rassuré, partît lui aussi au pays des songes.

La lumière qui frappait sur la vitre les réveilla, Ruby n'était déjà plus là et ils entendaient du bruit en bas. Adrien regarda l'heure ;

- Il n'est même pas sept heures, j'avais oublié que le soleil se levait aux alentours de six heures trente ce mois-ci .... lui dit' il.

- J'avais oublié aussi, sinon j'aurais fermé les volets ; répondit' elle.

Ils enfilèrent un survêtement et descendirent tous les deux en même temps. Jim était déjà en bas et préparait le petit déjeuner, la cheminée était allumée et la chaleur commençait à se répartir dans la pièce.

- Coucou les enfants, bien dormis ? leur demanda Jim.

- Oui on bien dormi, mis à part un cauchemar d'Ava et le froid ! répondit son fils.

- Ruby est déjà sortie ? Merci pour le feu et le repas Jim ; dit Ava en embrassant son beau-père sur ses joues bien rondes.

- Oui le soleil nous a réveillé assez tôt ; lui dit' il.

Ils se mirent à table tous les trois et mangèrent avec appétit tout ce que Jim avait préparé.

Ava voulu appeler le vétérinaire mais c 'était bien trop tôt et les garçons l'en dissuadèrent, il lui faudrait encore attendre deux heures au minimum. Alors pour s'occuper l'esprit, elle finit de déjeuner et alla continuer d'organiser la maison pendant que Jim et Adrien allèrent garer les voitures un peu plus loin.

De sa chambre, Ava regardait Ruby, elle avait l'air tellement heureuse. Elle faisait le tour de l'île et courrait partout, s'arrêtait de temps en temps pour regarder les oiseaux et essayer de les attrapait mais voyant qu'elle n'y arrivait pas, elle reprenait sa course effrénée sur tout le tour du terrain. Cette vue la rendait heureuse, le lac tout autour de leur maison, le soleil qui brillait sur l'eau et tout ça sous ses yeux et de sa fenêtre ! Elle se sentait très chanceuse de cette vie là, des voyages qu'elle avait pu faire depuis qu'elle était mariée, de leur maison en France qu'ils avaient entièrement refaite, de leur amour fusionnel, de leurs animaux, de son don .... Elle était consciente et reconnaissante de toute cette prospérité mais surtout de ce bonheur ...

Adrien et Jim furent accueillie par la chienne comme si ils étaient partis depuis une semaine, ce qui les fit bien rire. Une fois l'île débarrassée des voitures, ils regardèrent le terrain dans son ensemble pour repérer ce qu'il fallait couper, tondre et garder .

- Je vais chercher Ava et elle nous dira si elle veut garder des plantes en particulier ; dit Adrien à son père.

- Ok, je vais mettre l'essence dans les machines en attendant.

Au moment où Adrien rentra dans la maison, le portable de sa femme se mit à sonner, il décrocha:

- Mme Smith? Docteur karlsson

- Bonjour, C 'est Mr Smith.

- Bonjour, je vous contacte au sujet de votre chaton ....

Le vétérinaire donna des nouvelles de Blind. Malgré leurs efforts et la réussite de l'opération, le pauvre animal avait perdu beaucoup trop de sang et il était beaucoup trop petit pour s 'en remettre. Quand ils avaient ouvert la clinique ce matin, le chaton était encore très faible et ses chances de survie réduisaient au fil du temps.

Après quelques minutes, Adrien raccrocha et monta voir sa femme. Ava était de dos, elle rangeait des vêtements

147

dans l'ancienne commode et se retourna quand elle entendit le parquet grincer. Il s'avança et alla la prendre dans ses bras.

- Je le savais ...dit' elle.

- Tu penses à cette nuit ? demanda t'il.

- Oui je le sais depuis là, sauf que j'espérais que ce ne soit qu'un mauvais rêve.

- Oui, c'est la cas pour l'instant ... Blind se bat encore, il est encore parmi nous mon amour, lui répondit son mari.

- Il n'est pas ... .dit'elle sans finir sa question.

- No, he resists. *

  Adrien prit sa femme contre lui et la laissa pleurer autant qu'elle en avait besoin. Son lien avec Blind était spécial et elle avait besoin de ces quelques minutes pour garder un peu d'espoir.

Il prit sa femme par la main, lui essuya ses larmes et l'entraîna dehors avec lui .

- Où tu m'amènes ? demanda sa femme ?

* Il résiste

148

- Outside * ! Tu as besoin de prendre l'air et nous, on a besoin de tes conseils !

Il l'embrassa tendrement sur le front et la tira de nouveau à lui, la faisant presque courir.

- Nous y voilà ! On va débroussailler et tondre, que veux-tu garder ? lui demanda son mari.

Pendant qu'Ava regardait l'île et ses plantes, Adrien parla discrètement à son père pour lui donner les dernières nouvelles de Blind.

Ils la prirent tous deux dans les bras et après un beau moment de tendresse commencèrent à défricher le terrain. Ava, quant à elle, rentra à la maison et se mit en tête de trouver la clefs du cabanon.

Au bout de quelques minutes de recherche, la chance tourna et elle trouva la fameuse clé au fond d'un tiroir de la cuisine. La jeune femme la prit et marcha jusqu'à la remise du ponton. Il commençait à faire chaud et Ava regarda sa montre, il n'était que huit heure passé et elle espérait que ce temps annonce enfin le printemps. Elle vît son mari et son beau-père un peu plus loin, ils s'affairaient tous deux au jardin et l'île commençait à avoir fière allure.

Elle arriva devant la porte et la clé était la bonne, elle tourna la serrure et fût plongé des dizaines d' années en arrière.

*Dehors

149

Elle n'entra pas de suite et ouvrit en grand au cas où un animal quelconque voudrait en sortir. Une odeur de renfermé et d'humidité sans dégagea aussitôt mais rien ne bougea. Il y avait des toiles d'araignées énormes et elle se faufila un chemin jusqu'à la première fenêtre sur sa droite puis l'ouvrit face au lac. La seconde fût trop près des immenses toiles et elle sortit dans l'espoir de trouver un bâton pour les enlever.

Ava trouva une branche qui ferait l'affaire et retourna à l'intérieur, elle contourna la barque en bois et entreprit d'enlever les toiles d'araignées sans hurler. Après plusieurs minutes, la plupart des arantèles furent nettoyer et elle regarda autour d'elle.

Le bateau prenait la majeure partie de la place, sur les murs en bois il y avait des rames suspendues à des crochets et au sol près de l'entrée à sa droite, il y avait un portant avec des gilets de sauvetage. La jeune femme était impressionné de voir à quel point tout était méticuleusement rangé pour un cabanon. Elle ouvrit la seconde fenêtre qui donnait sur la maison et de ce fait un courant d'air entra dans la remise et en fît partir les mauvaises odeurs assez rapidement. Elle avança vers le fond où se trouvait une grande armoire en fer noir, style vestiaire et l'ouvrit. A l'intérieur elle trouva une caisse à outils, des bouées de sauvetage, des serviettes de plage, des maillots, une lampe torche, une paire de jumelles et le tout, toujours organisé et soigneusement rangé.

Sur l'étagère la plus basse, il y avait un très grand sac de voyage qu'elle ouvrît par curiosité. Ava y découvrit des tenues complètes pour un homme, une femme et une fille ... Elle était très intrigué par cette trouvaille et vida le sac au fur et à mesure quand elle tomba sur le nécessaire et des vêtements de bébé. La jeune femme prît la petite couverture bleu dans ses mains, c'était exactement la même que celle du berceau, elle en était sûre car elle l'avait lavée à la main quelques heures auparavant ... Elle lut la même broderie " Jean-Philippe ".

Sous le choc la couverture lui tomba des mains et quand elle la rattrapa un papier en tomba. Surprise elle vit de suite que c'était une très vieille échographie, elle essaya de déchiffrer les noms mais n ' y arriva pas alors elle la rangea dans sa poche pour essayer avec la loupe quand elle serait rentré. Elle referma le sac et le rangea exactement au même endroit puis elle ferma le placard et se ravisa aussitôt en prenant les serviettes pour les laver, ce serait toujours ça de fait .

Mais quand elle prît la pile de linge, elle fit tomber le marteau qui se trouvait à côté, manquant de s'écraser sur son pied. Ava se baissa pour le ramasser quand elle vît un morceau du plancher soulevé par le choc, elle comprit que ce n'était pas le poids de l'outil mais une cachette.

Quelle ne fût pas sa surprise quand elle se baissa pour levait la planche et qu'elle y découvrit… une arme et de l'argent…

Sa découverte fût tellement stupéfiante qu'elle ferma le vestiaire et le cabanon puis se hâta de rejoindre les garçons.

Elle les trouva sur le chemin, en plein travail et tout transpirant :

- C 'est l 'heure de la pause, j'ai quelque chose à vous montrer, suivez-moi ; ordonna t'elle.

Adrien et Jim, surpris, la suivirent jusqu'à la maison. Ils s'assirent tous les trois autour de la table et la jeune femme leur expliqua :

- Voilà, j'ai était faire un tour à la remise près du ponton et voici ce que j'ai trouvé caché sous le plancher, leur dit' elle en leur montrant son butin.

- It is not possible !* lança Adrien.

- oh my god !** rétorqua Jim.

- Je vous le fais pas dire ! Je n'ai même pas compté l'argent, d'ailleurs ça à l'air d'être en franc ; dit'elle en tendant l'enveloppe à son beau-père.

* Ce n'est pas possible !   ** Oh mon Dieu

- Oui effectivement, il y a du franc qui malheureusement ne vaut plus rien ou alors pour vendre à des collectionneurs car il y a 7000 francs !

Il compta encore les billets pendant que le couple essayait de comprendre ;

- Je ne comprends pas ce qui se passe exactement mais ce n'est pas tout ce que j'ai trouvé, leur dit Ava.

- Non, ce n'est pas tout ! leur dit Jim en coupant la parole à sa belle fille.

Adrien et sa femme le regardèrent étonné de sa réaction ;

- Je viens de finir de compter l'enveloppe et il n'y avait pas que des francs ... Tout d'abord un peu d'histoire :

   La Suède rejoint l'Union européenne et son traité d'adhésion en 1995 mais depuis, la population, se déclare contre l'euro et leur monnaie est encore la couronne Suédoise. Mais certains commerces, hôtels ou restaurants près de la frontière acceptent l'euro. Tout ça pour vous dire que dans cette enveloppe, il y a cinquante-trois mille couronne !

   Jim s'interrompit pour les regarder, autant l'un que l'autre était surpris par ce qu'il venait d'entendre mais n'avait pas l'air de réaliser alors il reprit :

- Cette somme correspond à plus de cinq mille euros ...leur dit 'il calmement.

Ava et Adrien se regardèrent, puis leurs yeux se tournèrent vers Jim et enfin comprirent qu'ils venaient d'hériter de plus de cinq mille euros !

Et là se fût le brouhaha général, ils parlaient tous en même temps et chacun y allait de son idée sur la façon de dépenser cet argent. Chose était sûre, ils mettrait en vente les francs qu'il restaient. Après quelques minutes d'une excitation général, ils se calmèrent et c'est à ce moment qu'Ava leur annonça la découverte et leur montra l' échographie du bébé.

- Tu peux aller chercher la loupe stp my darling ? Je ne sais pas où elle est rangé ; demanda Adrien à sa femme.

La jeune femme ouvrit le tiroir de la cuisine dans lequel elle l'avait mise et la lui tendit ;

Adrien se pencha dessus, fronça les sourcils et força sur ses yeux pour essayer de déchiffrer ;

-   Rose Jonsson et une date, je suppose celle de l'échographie : le 10 mai 1982 et en petit il y a de noté 32 semaines au stylo ; leur lût le jeune homme.

- Donc huit mois de grossesse, l'enfant était viable .... leur précisa Ava.

Ce qui les laissa perplexes et dubitatifs.

154

- Je vous propose d 'avancer un peu plus dans le jardin, encore une heure au moins, puis on se nettoie et je vous invite au restaurant ! lança Jim.

- Tout nous convient mais c'est nous qui vous invitons beau papa ! le rectifia sa belle fille.

- Et c'est non négociable ; rajouta son fils.

- Ok, ok les enfants, ensuite nous irons nous renseigner dans le village sur la vie de Rose et Eli et en savoir un peu plus sur nos découvertes étranges ; leur dit Jim.

Et tous se remirent au travail.

Après quelques minutes, l'employé de l'électricité arriva sous les aboiements de Ruby qui ne comptait pas le laisser avancer sur la presqu'île. Mais sous les ordres de son maitre accepta d'aller rejoindre sa maitresse qui l'attendait devant la porte de la maison.

Le reste de l'heure passa très vite et la petite équipe finissait de se préparer quand l'employé annonça fièrement qu' il avait rétablie l'électricité !

Ce fût sous les applaudissements de la petite famille que le jeune homme fût remercier. Fier de lui et plus à l'aise qu'à son arrivée, il donna quelques caresses à Ruby qui ne le lâchait plus.

XIV

Une enquête familiale

Ils trouvèrent un restaurant très agréable au centre-ville d'Älta, c'était une belle journée d'avril et la petite famille pût s'installer en terrasse pour manger.

Ce repas fût un moment de calme et de pause au milieu de toutes leurs découvertes et de leur emménagement.

- Papa, je te sens fatigué ... dit Adrien en regardant son père.

- Oui, un peu ... Mais ça va aller. Je vais voir si je peux obtenir un rendez-vous avec un docteur pour prendre ma tension, mais je me sens bien. Ne t'inquiète pas, le rassura t'il.

- Vous m'excusez ? Je vais appeler Claire ; leur dit Ava en s'éclipsant.

Elle fit quelques pas vers l'extérieur et appela son amie qui décrocha aussitôt. Elles restèrent quelques minutes au téléphone, le temps de se raconter ce qui s'était passé pour l'une et l'autre puis raccrochèrent suite à l'arrivée d'un client de l'hôtel pour Claire.

La jeune femme rejoignis son mari et son beau-père, qui avait fini leur café, et décidèrent de faire le tour des magasins pour prendre des renseignements sur Rose et Eli auprès des commerçants les plus âgés.

Après s'être séparés pour plus d'efficacité, ils se retrouvèrent une heure plus tard pour faire le point sur leurs recherches ;

- Alors moi choux blanc ... aucune infos et personne n'a l'air de les connaître ; leur dit Jim.

- Pareil pour moi ; lui dit son fils.

- Pour moi un début de piste, l'épicière me dit qu'elle les as vu à plusieurs reprises, ils lui parlait souvent quand ils venaient dans la boutique et effectivement elle l'a vu enceinte. Elle ne savait pas grand-chose mais m'a dit que la maison qui n'était pas loin de la presqu'île est toujours habité par les mêmes propriétaires depuis tout ce temps. Un couple âgé qu'elle connait bien et, qui apparemment, était souvent avec Rose et Eli. Elle m'a aussi dit de voir avec le facteur qui connait toute la ville car son père l'était lui aussi et il le suivait depuis tout petit dans les tournées ; leur dit fièrement Ava.

- Bon très bien ! C'est pas mal avancé. Direction la poste en premier ? demanda son beau père.

157

- Oui mais ici ça s'appelle PostNord et ce sera un logo bleu, un de vous l'a vu ? répliqua la jeune femme.

- Oui, oui je l'ai repéré, allons-y ; dit Jim.

Une fois l'établissement trouvé, ils entrèrent tous les trois. Jim demanda à parler à l'employé qui faisait la distribution du courrier à leur domicile mais malheureusement il avait fini sa journée. La femme qui lui avait répondu, lui indiqua l'heure d'arrivée approximative de son collègue dans leur secteur. Ils la remercièrent et sortirent.

- Bon, je propose qu'on aille voir les voisins les plus proches dont l'épicière t'a parlé et si ça ne donne rien, on verra demain avec le facteur ; leur dit Adrien.

Ils prirent donc la direction de chez eux, se garèrent au bord du lac. En face de la presqu'île, non loin de là se trouvait une maison. Elle était assez grande, sur deux niveaux, la façade de couleur blanche était très bien entretenue mais le reste également. Le toit côté garage était plus bas et on pouvait voir les tuiles qui venaient d'être nettoyées. Devant eux un portail en fer noir ouvrait sur une cour de gravier où une 205 marron était garé. La maison ressemblait au style de France et avait dû être construite dans les années soixante. Ils montèrent les deux marches pour accéder au perron et toquèrent sur la porte en bois blanc. Ils attendirent une minute mais personne ne vint alors Jim refrappa un peu plus fort.

Peu de temps après, la porte s'ouvrit sur une femme. Elle devait avoir un peu plus de 70 ans, une coupe au carré et de jolis cheveux gris.

- Bonjour, que puis-je pour vous ? demanda t'elle en rajustant ses lunettes.

- Bonjour, Nous sommes vos nouveaux voisins. Nous habitons l'île en face de chez vous. Je suis Adrien, le fils d'Alice, et voici mon père et ma femme ; lui répondit Adrien.

-   Alice ? murmura t'elle tout haut en réfléchissant.

-   Alice Jonsson, la fille de Rose et Eli Jonsson ; précisa le jeune homme.

-   Le petit fils de Rose !? reprit'elle agréablement surprise.

- Je vous en prie, entrez. Moi c'est Héloïse.

Elle les conduisit jusqu'au salon où se trouvait son mari ;

- Ce sont nos nouveaux voisins Pierrot et figure toi qu'Adrien est le petit-fils de Rose et Eli ; lui dit sa femme.

- Enchanté, asseyez-vous. Je m'appelle Pierrot. Où sont vos grands parents ? Que sont' ils devenus ?

Jim et Adrien se regardèrent, surpris puis le jeune homme pris la parole.

- Nous pensions que vous étiez au courant ... Je n'ai pas connu mes grands-parents, ils sont décédés très tôt. Maman n'avait que dix ans ... leur annonça t'il gêné.

   Leurs nouveaux voisins furent attristés et abasourdis par cette nouvelle mais Héloïse prit la parole en premier ;

- On ne les voyait plus, nous n'arrivions plus à les joindre et c'est vrai qu'on a pensé au pire mais je ne pouvais le croire… dit 'elle tristement.

- Nous savons que ma mère a était adopté vers l'âge de dix ans et que ses parents sont morts dans un accident de voiture. Mais beaucoup de choses reste flous ; leur dit Adrien.

- Alice a était adoptée ? répéta Héloïse choquée ;

- Et son frère ? demanda Pierrot.

- Justement, jusqu'à ce que l'on arrive on pensait qu'Alice était fille unique ... Mais dans la maison, dans la chambre d'enfant, nous avons trouvé un berceau et tout le nécessaire pour un nourrisson ; leur expliqua Jim qui avait repris la parole.

- Rose avait accouché d'un petit garçon à l'époque, il s'appelait Jean -Philippe et il n'avait que quelques jours lorsqu'ils ont disparu ...leur expliqua Héloïse.

Jim et son fils restèrent bouche bée, ils ne pensaient pas qu'elle ait accouché, ils ne l'avaient pas envisagé. Ava prit la main de son mari dans la sienne pour lui donner la force de continuer à poser les questions.

- Désolé, nous ne nous attendions pas à ce genre de nouvelles, nous découvrons au fur et à mesure ... Les avez-vous vu partir ? Ne vous ont' ils jamais donné de nouvelles ?

- Non et on se souvient très bien, la veille de leur départ, nous étions ensemble et nous avons fêter la naissance du petit. Ils nous annonçaient qu'ils s'installés définitivement ici mais après cette soirée, nous ne les avons plus jamais vu, expliqua t'elle.

- Une dernière question si vous permettez et on vous laisse tranquille ; leur dit Jim :

- Que faisaient t'ils comme travail ?

- Il n'y a pas de soucis, ne vous inquiétez pas. Rose ne travaillait pas à l'extérieur, elle s'occupait de la maison et de ses deux enfants. Eli venait d'être promu enquêteur. Une grande carrière se présageait pour lui ... Mais il avait l'air inquiet les derniers temps et c'est pour cela qu'ils avaient décidés de vivre en Suède tout le long de l'année et non pas juste pour les vacances. Vos grands-parents étaient des gens vraiment adorables et généreux, c'était nos amis de longue date, nous avons vu naître Alice. Pierrot est même devenu son parrain. Où est'elle au fait ? Vous lui ressemblez beaucoup ; dit'elle en regardant Adrien.

161

- Maman n'est plus là non plus, depuis un an ; répondit' il évasif.

- Je suis désolé pour vous, nous sommes vraiment attristé ; dit Pierrot qui voyait sa femme était accablé.

- Nous sommes désolé d'avoir fait remonter tout ceci à la surface, il va falloir digérer les nouvelles pour vous et pour nous. On vous laisse et on se voie vite, vous viendrez à la maison et on fera un apéro ; dit Adrien.

Héloïse les raccompagna, ferma la porte et repensa à tous ses souvenirs en pleurant ces disparitions.

Chemin faisant, personne ne prit la parole, chacun était dans ses pensées et troublés par ce qu'ils venaient d'apprendre. Ava attrapa machinalement la main de son mari quand tout à coup, une nouvelle vision apparut.

Elle se contracta, s'arrêta et subit ce flash une nouvelle fois. Même vision d'horreur pour ses yeux de femme amoureuse, même douleur qu'elle avait eu quelques jours plus tôt et même colère.

Elle respira calmement, prit sur elle et dit à Adrien et Jim qui la regardait comme si ils attendaient de savoir :

- Adrien et cette femme …. murmura t'elle.

Son époux lui prit la main sans qu'elle n'essaie de la lui sortir puis ils continuèrent leur route.

Jim, pensif depuis quelques minutes, se tourna vers le couple :

- Je pense que l'on a trouvé l'explication de la valise ... Si Eli était sur une enquête qui lui posait soucis et qu'ils en ont carrément décider de quitter la France pour s'installer en Suède, il avait dû vouloir tout prévoir si jamais ils avaient des problèmes et qu'ils devaient aussi quitter leur maison précipitamment ... Ce qui explique, la valise de vêtements, l'argent Suédois et Français et surtout l'arme ....

- Oui ça se tient, confirma Ava.

XV

Face à la vérité

Le lendemain matin, quand Ava ouvrit les yeux, elle était seule dans son lit. Elle regarda l'heure sur son téléphone, il indiquait presque midi. Alors elle se leva, ouvrit les persiennes et les fenêtres. Elle prit le temps de se délecter de cette vue incroyable et même dans ses rêves les plus fous, elle n'aurait pas imaginé vivre sur une île. Elle ne pouvait que s'émerveiller de tant de beauté ; devant ses yeux ce lac immense où l'eau brillait comme des milliers de petites étoiles qui s'étendaient à l'infini. Elle pouvait même voir quelques poissons sautés, les entendre également. Elle écoutait le bruit du clapotis de l'eau, les oiseaux qui chantaient, le vent dans les feuilles des arbres et profitait de ce que cette nature luxuriante lui offrait.

Soudain, prise de nausée, elle courut aux toilettes. Elle ne se sentait pas très bien et se demandait ce qu'elle avait bien pu manger pour être malade comme ça et dormir autant ....

Ava s'habilla et descendit mais là tout était aussi calme qu'à l'étage. Sur la table, son petit déjeuner l'attendait avec un mot de son époux :

" Bonjour petite marmotte, bon petit déj. Je t'aime "

La jeune femme sourie puis regarda ce que son mari lui avait préparé. Il y avait du jus d'orange frais, des chocolatines, des croissant, du pain et du beurre. Elle se régala de toutes ces bonnes choses et n'avait pas envie de se presser.

Une fois terminé, elle rangea et sortit rejoindre les garçons car elle avait entendu le bruit des débroussailleuses quelques minutes plus tôt. Elle se dirigeait sur le côté de l'île quand soudain elle la vît ....

Ce qu'elle voyait ne pouvait être qu'un cauchemar, rien d'autre ! Sa vision, celle qu'elle avait déjà eu deux fois, tout se passait devant ses yeux ! Adrien était là et serrait cette femme dans ses bras ! Cette brune aux cheveux mi longs, qui entourait de ses longs doigts le visage de son mari et se blottissait contre lui .... Et lui ??? Lui, son époux, son homme, ne faisait que sourire et couvrir son visage de baisers. Son cœur s'accéléra, sa tête commençait à tourner puis le choc fût trop grand pour la jeune femme, elle s'évanouit.

Quand elle ouvrit enfin les yeux, Ava se rendit compte qu'elle était dans une chambre d'hôpital. Elle regarda autour d'elle, elle était seule et branchée à deux machines. L'une relié à son doigt et la seconde à des patchs collés sur sa poitrine.

165

Elle se demanda ce qu'elle faisait ici et comment elle y était arrivé puis soudain se souvint de sa dernière image, elle se mit à pleurer ....

Quelqu'un tapa à la porte puis entra :

- Mon amour, tu es réveillé ? Nous avons eu très peur ! s'enquit son mari.

La jeune femme le regarda comme si elle le voyait pour la première fois ;

- Sors ! lui ordonna t'elle.

- But i can explain to you * ... lui dit' il inquiet.

- Je ne veux pas d 'explications, pour l 'instant je préfère rester seule ...

Adrien, surpris, ne savait plus quoi faire. Il la regarda une dernière fois puis ferma la porte derrière lui.

Ava ne faisait que pleurer, elle ne comprenait pas ce qui se passait.

Comment avait 'il pu ? Sa confiance en lui était entière, jamais elle n'aurait pensé, avant d'avoir ses visions, que cette situation soit possible. Elle avait beau essayer de se calmer mais rien n'y faisait, c'était un cauchemar !

*Mais je peux t'expliquer

Le docteur entra dans la chambre, elle devait avoir une trentaine d'année, de longs cheveux noisette et de très belles formes bien proportionnées.

Son visage reflétait l'inquiétude :

- Madame Smith, je suis le Docteur Riley. Les résultats ne sont pas très bons, nous devons faire des examens complémentaires ; lui dit 'elle d'un air strict.

- Pas de soucis, qu'allez-vous me faire ? demanda Ava.

- Nous allons vous faire une échographie cardiaque et de nouveau une prise de sang car nous pensions à une anémie.

- Vais-je rester pour la nuit ?

- Je ne sais pas encore. Nous verrons suite aux nouveaux résultats, une infirmière va venir vous chercher d 'ici peu. Votre mari attend dehors, je le fais entrer ?

- Non, je ne me sens pas bien, je préfère me reposer.

Le docteur jeta un dernier coup d'œil à sa patiente puis sortit.

La jeune femme ferma les yeux puis s'endormit. Ce fût l'infirmière qui la réveilla quelques minutes plus tard en entrant dans la chambre.

Elle regarda la pendule qui affichait quatorze heures, elle se demandait combien de temps elle était restait inconsciente et comment était -elle arrivée jusqu'ici .

Quelques minutes plus tard, elle était à peine remontée en chambre qu'aussitôt une seconde aide-soignante vint lui prélever son sang. Ils étaient très efficaces dans cet hôpital se disait -elle, plus rapide qu'en France.

La France, pensait 'elle, n'aurait pas eu le temps de lui manquer qu'elle allait déjà y retourner ....

Elle se rendormit et ne se réveilla que deux heures plus tard. Elle regarda autour d'elle et mis à part ses vêtements, elle ne vît rien d'autre. Pas de portable ni de sac à main. Elle essaya de se lever mais son corps était assez faible et sa tête tournait encore un peu alors elle se rallongea et patienta.

Qu'allait'elle faire maintenant ? Adrien lui avait dit qu'il avait une explication mais devait'elle l'écouter ? Ou bien repartir en France et ne rien savoir ? Elle ne pouvait pas mettre dix ans de relation à la poubelle sans savoir. Mais elle souffrait tellement qu'elle n'arriverait plus à le regarder en face sans avoir cette vision qu'elle n'avait que trop vu … Pourquoi son mari couvrirait de baisers le visage d'une autre femme ? Pourquoi ? Trop de questions se bousculaient et Ava ne sut que répondre à ces petites voix dans sa tête ! Puis, de nouveau, des nausées lui revinrent. Elle regarda autour d 'elle, puis alla directement aux toilettes avec son pied de perfusions à la main. Cette situation la rendait malade …

Après plusieurs minutes d'attente, la docteur entra pour lui donner ses résultats et contre toute attente, son autorisation de sortie. Elles parlèrent un moment toutes les deux et un rendez-vous pour Ava fût posé quelques jours plus tard.

Pendant qu'elle s'habillait pour partir, la jeune femmes se demandait si elle devait rentrer chez elle récupérer ses affaires ou partir directement pour la France mais malheureusement elle n'avait pas le choix. Ses papiers d'identité n'étant pas sur elle, elle devrait affronter Adrien. Son cœur se serrait déjà rien que d'y penser, il était hors de question qu'elle ne pleure devant lui !

Quand elle respira, l'air frais de l'extérieur, ses appréhensions et ses nausées disparurent enfin et malgré la douleur de ses yeux bouffis par les pleurs et la fatigue qui l'envahissait de nouveau, elle se satisfaisait de cette bouffée d'air pur.

Très vite elle déchanta quand elle croisa le regard de son mari qui l'attendait à l'extérieur, il s'avança, elle ne bougea pas. Alors il se rapprocha un peu plus et lui tendit la main ;

- Suis moi ; lui dit'il gentiment.

Elle refusa de se laisser toucher par cet homme qu'elle ne reconnaissait plus mais le suivit tout de même. Il avait un air inquiet et sérieux, un visage qu'elle ne connaissait que très peu. En même temps, le connaissait'elle réellement ?

Adrien la mena dans un parc près de l'hôpital, peu de gens s'y promener et l'endroit y était plutôt calme :

- Laisse-moi deux minutes … en souvenir de nos dix années passées ensemble, s'il te plait ; lui murmura son époux d'une voix implorante.

- Je t'écoute …lui répondit' elle à contre cœur.

- Je n'ai pas de mots alors je te demande simplement de regarder ; lui dit' il en lui montrant du doigt ce qu'elle devait voir.

Jim était à quelques mètres d'elle mais il n'était pas seul, il la tenait fermement contre elle, cette femme aux cheveux bruns qui avait briser sa vie en quelques secondes seulement !

Ils s'avançaient tout deux vers elle et plus ils approchaient et plus Ava sentie défaillir. Elle regarda Adrien, il lui sourit tendrement puis la prit dans ses bras avant qu'elle ne tombe sous le choc, ses jambes s'étant ramollies. Ava la regardait s'avançait et n'en crût pas ses yeux, elle se jeta dans ses bras et pleura de nouveau de tout son être. Mais cette fois ce n'était que des larmes de joie.

Elle desserra son étreinte et regarda de nouveau ce visage qu'elle connaissait si bien. Non elle ne rêvait pas, Alice était bel et bien devant elle, vivante et resplendissante ! Elle avait coupé ses cheveux au carré et était méconnaissable de dos.

- Mais ... Comment est-ce possible ? Nous avons vu ton corps dans le cercueil ! bafouilla la jeune femme.

- Je vais tout vous expliquer une fois rentrée ; lui répondit Alice qui la reprit contre elle.

Ava se tourna vers Adrien mais il ne la laissa pas parler ;

- Non, ne dis rien. Je t'aime ; lui murmura t'il.

Il l'embrassa et lui sourit. La jeune femme le regarda et su tout au fond d'elle que sa confiance ne serait jamais trahie.

Jim s'approcha d'elle, lui fit un long câlin puis repartit prendre la main de sa femme pour ne plus jamais qu'elle parte.

Ruby les attendait avec grande impatience, et les accueillis avec la grande joie et l'affection qu'ils lui connaissaient et une fois arrivée chez eux, ils se mirent autour de la table et attendirent les explications d' Alice . Elle se leva et leur expliqua :

- Lorsque je suis partie ce jour-là, je vous ai dit que j'avais un déplacement. Je vous ai menti ...

Tous les trois ne dirent rien et la laissèrent continuer ;

- Ma mémoire me revenait peu à peu et les souvenirs de cette maison de plus en plus régulier. Alors après quelques recherches, je l'ai retrouvé et j'ai appris qu'elle appartenait à mes parents, que j'y vivait à l'époque.

171

Je ne vous ai rien dit car je voulais vous faire la surprise mais je souhaitais la voir avant, savoir dans quel état elle était et régler les papiers. Donc ce jour-là, je suis partie, j 'ai pris un premier vol pour Paris puis un second direction la Suède où j'ai loué une voiture.

Elle les regardait, ils écoutaient, elle continua :

- J'ai eu un accident, la voiture a pris feu et on m'a sorti in extrémis. Suite au choc, j'ai perdu la mémoire … Mes papiers et ma valise ont brûlé dans l 'incendie, je n'avais plus rien et je ne savais plus qui j'étais … Je suis resté trois mois dans le comas, un mois de plus à l'hôpital pour me remettre et je me suis retrouvé dans un foyer d'urgence qui est, normalement, réservé aux mères mineures le temps que je reprenne ma vie en main. Trois fois par semaine, j'allais voir un psychologue et ça a payé, il y a peu de temps. J'ai recouvré la mémoire il y a quelques jours mais ça revenait par flash et je n'ai toujours pas tout retrouvé comme l'adresse où l 'on vie, les numéros de téléphone … Je vous ai donc trouvé par les réseaux sociaux et c'est comme ça que j'ai su que j'étais à quelques kilomètres de vous seulement. Je suis arrivé dès que j' ai pu, ce matin ....

Tous les trois se levèrent et la prirent dans les bras. La chienne, toujours en manque de câlins en profita pour récupérer quelques caresses au passage et se faire gratouiller le ventre.

- Mais nous avons vu ton corps dans le cercueil … murmura Adrien qui n'avait pu oublié cette image.

- Pendant les recherches que j'ai faites, j'ai découvert que j'avais eu une sœur jumelle ... Elle s'appelait Célia et juste pour la petite anecdote Celia est un anagramme d'Alice ... Bref je continue car je vous sens perdue. J'ai découvert son existence complètement au hasard.

Je suis tombée sur un article d'un journal où il parlait d'une artiste peintre connue sur Stockholm, Célia, qui venait de mourir. C'était moi ! Cette photo me ressemblait en tout point ! Là, je compris que ce n'était sûrement pas un sosie et j'entrepris d'autres recherches en parallèle. Figurez-vous que ma sœur est décédé le jour même où mon accident a eu lieu !!! Elle est morte en France en venant me retrouver pendant que moi je partais chercher mes origines en Suède ....

Ava, Adrien et Jim se regardèrent et cette histoire, digne d'un film, ne faisaient que les surprendre au fur et à mesure des rebondissements.

- Mais tu ne nous as jamais parlé d'une sœur jumelle, lui dit son mari qui pris la parole.

- En effet mon chéri, je ne vous en avais jamais parlé car je ne l'ai jamais su. Je n'ai pas vécu avec elle ... J'ai appris, que lors de notre naissance, une jumelle était décédée. Du moins c 'est ce qu'il y avait de noté sur les actes de naissance et de décès ! Le docteur, une femme d'une quarantaine d'année, qui a accouché maman, venait une nouvelle fois de faire une fausse couche. Bref, elle n'avait jamais pût avoir d'enfants et a tout simplement décrété que

173

le femme qu'elle accouchait aurait encore un bébé si on lui en prenait un ... ma mère ayant accouché à domicile et mon père étant en déplacement cette nuit-là, les choses avaient dû être simple à gérer pour "cette médecin".

- Tu as dû vivre un cauchemar ... lui dit Adrien.

- Oui c'était indescriptible .... Bref, je préfère laisser ça derrière pour l'instant ... lui répondit sa mère.

- Mais c'est totalement fou cette histoire ! remarque que tout est incroyable depuis notre décision de partir ... fit remarqué Ava.

- Il faut que je te parle ma puce, au sujet de notre maison ; dit Jim en regardant son épouse.

- Je sais, je l'ai vu sur les réseaux et j'aurais fait exactement la même chose, sans hésiter ! Je suis fière d'être ta femme et ce genre de décision que tu as prise en fait partie. Je t'aime lapinou ; le rassura Alice.

Adrien était songeur, cette histoire le rendait perplexe et il essayait de mettre toutes les pièces du puzzle en ordre dans sa tête :

- Mais ... Où est Jean-Philippe ? Il est vivant ? demanda t'il.

- Oui j'ai appris que j'avais un frère aussi .... Pendant mes séances, le psychologue m'a fait de l'hypnose et mes souvenirs sont revenus. Je me suis rappelé que ma mère avait mis au monde un bébé, peu de temps avant leur

174

accident. Ma mémoire l'avait bloqué dans un coin de mon cerveau et la thérapie la dévoilé. Par contre c'est un sujet qu'il faudra que l'on résolve ensemble car jusqu' à présent, je ne sais pas où est mon frère. Je ne sais pas si il est vivant, si il est décédé dans l'accident avec mes parents, je ne trouve ni acte de naissance, ni acte de décès ... Comme si il n'avait jamais existé !

Tous se regardèrent d'un air interrogateur mais le sourire aux lèvres car ils sauraient résoudre ce mystère à eux quatre ...

Adrien prit sa femme par la main et l'invita à monter, elle le suivit en se demandant ce qui se passé. Il voulait sûrement avoir une discussion sur leur couple, le manque de confiance qu'elle lui avait accordée...

Elle s'arrêta avant qu'il n'ouvre la porte et le regarda droit dans les yeux :

- Je suis désolé mon amour, je sais que j'aurais dû te faire confiance mais ...

Son mari lui mit son doigt sur sa bouche :

- I know *...

Il ouvrit la porte en grand et elle vit leur chienne , tranquillement installé , dans un énorme panier au pied du lit . Elle se tourna vers son mari car elle ne comprenait pas.

* Je sais

- Regarde, dit'il en lui montrant Ruby.

Elle s'avança et vit, contre les poils de leur fidèle compagnon, le plus beau des cadeaux !

- Blind !!!!! dit 'elle en se dépêchant d 'aller le caresser.

- Il est encore très faible mais le docteur Karlsson a espoir donc j'ai voulu le ramener auprès de sa famille.

Elle se tourna vers son mari et son sourire parlait de lui-même, les mots ne sortaient pas mais ce n'était pas la peine.

XVI

Et c'est là que tout commence

Quelques mois plus tard, Ava et Adrien, préparaient l'arrivée de Jim et d' Alice qu'ils n'avaient pas revue depuis la fin de l'été.

La jeune femme monta vérifier que rien ne manquer et que tout était ordonné.

Elle se rappela la première fois qu'elle avait monté ces escaliers, un peu plus de huit mois plus tôt ... Elle avança vers la première chambre qui était, la leur désormais, et se rappela aussitôt sa première impression. Quelques changements visibles avaient redonnés un coup de modernité et en faisait une pièce très belle, douillette et naturelle. Le transat qu'elle y avait trouvé, plusieurs mois plus tôt, avait était lessiver et avait repris sa place initiale et sa couleur d'un blanc pur comme si il était neuf. Ava toucha machinalement son ventre et reprit son tour d'horizon. La peinture avait était rafraîchie, la commode poncer et repeinte du même blanc que les murs, les chevets furent remplacés, la coiffeuse en marbre était devenue la pièce maîtresse de cette chambre et le joli petit couffin bleu de Jean - Philippe trônait désormais sur le côté du lit d'Adrien et Ava. Elle sourit puis referma cette porte.

Elle ouvrit celle d'à côté et ici aussi il y avait eu beaucoup de changements. Les murs avaient était peint d'un rose assez clair sur la quasi-totalité à l'exception du côté gauche où ils avaient laissé la tapisserie de l'époque qui était parfaitement propre et qui donnait une touche de vintage à cette chambre. L' ancien lit de Rose et Eli, ainsi que leurs deux chevets avait était gardé et seul le matelas était neuf . Ici aussi tout était parfait à son regard, elle referma et se dirigea vers la salle de bain.

Adrien y avait travaillé des semaines durant et avait réussi à faire des miracles dans cette petite pièce. Une très grande douche à l'italienne avait remplacé l'ancienne baignoire verte, le lavabo et le bidet ont était substitué par une jolie vasque ronde en pierre grise et posé sur un meuble en bois naturel. La table à langer avait fait peau neuve et fût gardé tout comme l'étagère qui s'y trouvait au-dessus et qui était désormais blanche. Sur celle-ci, le jeune femme y avait installé de belles serviettes de la même couleur.

Même la pièce principale avait subi un grand rafraîchissement et faisait penser aux photos des magazines de décoration qu'elle avait regardait des heures durant. Son sapin était majestueux et brillait de mille feux. Il était si haut qu'ils avaient eu du mal à le rentrer chez eux.

Elle regarda Ruby, allongée près de la cheminée, ses bébés tétant goulûment leur mère. La chienne était épuisé mais elle avait mis au monde dix chiots, en pleine forme, la veille au soir. Les époux n' avait que très peu dormi de la nuit pour surveiller la nouvelle maman mais à présent tout se passait bien. Blind s'était calé dans les poils de Ruby comme à son habitude, ils étaient inséparables à tel point que le chaton avait aidé la chienne à enlever le placenta des bébés à leurs naissance. Une scène immortalisée par une belle vidéo et qui resterait gravé dans leurs têtes à tout les deux.

Adrien regardait sa femme descendre les escaliers, elle était si belle. Elle avait coiffé ses longs cheveux roux de deux belles tresses, son visage était radieux et elle portait une robe pull vert anis qui lui allait à merveille. Il était si fier d'eux, en quelques mois ils avaient métamorphosé la maison tout les deux sans que jamais Ava ne se plaigne malgré son corps qui changeait de semaines en semaines. Elle était, désormais, au terme de sa grossesse et ils attendaient patiemment l'arrivée du bébé.

- Tout est prêt mon cœur, j'ai hâte que tes parents arrivent ! lui dit' elle.

- Moi aussi, ils ne devraient plus tarder ....lui répondit'il.

- Ah, ils arrivent ! dit 'elle le sourire au lèvre.

Il ouvrit la porte et vît au loin une voiture arriver près du lac, il referma et se tourna vers sa femme :

- Je ne sais pas si je m'habituerais un jour à tes visions ; lui répondit' il.

Ils enfilèrent leurs chaussures, puis Adrien se tourna vers la chienne qui avait du mal à lâcher ses bébés :

- Go Ruby, Jim arrive !

Comme si elle avait compris, elle se leva, regarda ses chiots puis finalement suivit ses maîtres à l'extérieur.

Le froid glacial les saisit mais ils étaient ravis d'avoir de la visite et allèrent les accueillir.

Le lendemain, le vielle de Noël, Ava mis au monde une jolie petite fille qu' ils prénommèrent : « Aria » en souvenir de sa grand-mère maternelle, la maman d'Ava.

Ce prénom qui signifiait " Chanson " en hébreu leur était apparût naturellement pour un jour aussi important que celui qu'ils s'apprêtaient à fêter. Aria désignait une mélodie et cette signification leur plaisait beaucoup.

Ava avait accouchait chez elle, entourée, de son mari et de ses beaux-parents. Elle était heureuse, épanouie et souhaiter que toute sa vie soit un bonheur comme celui qu'elle vivait.

Elle posa ses yeux sur son enfant, regarda sa famille autour d'elle et, à cet instant, sût qu'elle ne serait plus jamais seule.

Dans quelques heures, Héloïse et Pierrot, ainsi que Claire serait tous présent pour passer Noël ensemble et faire la connaissance d'un petit ange ...

En attendant, Alice et Jim se retirèrent quelques minutes.

Ava, Adrien et Aria se retrouvèrent seuls tout les trois quand tout à coup, le pendentif de la nouvelle maman se mit à briller de mille feux !

FIN